ÁNCORA Y DELFÍN. — 341
RAMÓN J. SENDER. — EL REY Y LA REINA

RAMÓN J. SENDER

EL REY
Y LA REINA

EDICIONES DESTINO

© Ramón J. Sender
© EDICIONES DESTINO
  Consejo de Ciento, 425. Barcelona-9.
  Segunda edición: marzo 1970
  Tercera edición: febrero 1974
  ISBN: 84 - 233 - 0806 - 5
  Depósito Legal: B. 3.186-1974
  Gráficas Instar, Constitución, 19. Barcelona-14
  Impreso en España - Printed in Spain

Al recuerdo de mi hermano Manuel,
fervorosamente.

R. S.

I

A cada lado del arranque de la escalera había una silla de mano del siglo XVI de madera plateada y seda azul con relieves renacentistas en las portezuelas. Bordado en la tapicería interior se veía el escudo — tres cabezas de jabalí en campo de gules — con la divisa, que decía en menudas letras góticas: "Más por la empresa que por la presa". Esos detalles y otros parecidos daban a una parte del palacio un cierto aspecto de museo que la duquesa encontraba afectado.

El palacio tenía tres pisos y una torre monástica que se elevaba dos más sobre el ala norte. Lo envolvía por tres de sus frentes un parque cuyos árboles asomaban por encima de los muros sobre una callejuela silenciosa. En los años 1928 y 29 los duques habían dado en aquella casa las fiestas más suntuosas de la corte. Los reyes asistieron a ellas. En esas noches de gala el edificio y el parque estaban discretamente iluminados. Reflectores ocultos entre las molduras enviaban una luz difusa sobre los parterres y de los macizos de boj partían claridades vagas que envolvían el palacio en un aura irreal. Rómulo, el portero y jefe del parque, miraba con orgullo la gran alfombra azul cubriendo las escaleras exteriores y extendiéndose sobre la arena amarilla, bajo la marquesina. Y todavía sobre la alfombra había un encintado de felpudo blanco que iba desde la puerta — con la anchu-

ra de la puerta misma — hasta el lugar donde el coche
real se detenía. Rómulo había visto varias veces al rey,
por cuya presencia física no tenía respeto alguno. Le parecía un maniquí, un muñeco mecánico con largas piernas de madera terminadas en los mejores zapatos del
mundo. Las fiestas duraban casi toda la noche, pero los
reyes se retiraban pronto y cuando se habían ido, Rómulo el jardinero iba a pedir al mayordomo que le permitiera apagar las luces del parque porque "aquellas luces
molestaban por la noche a los árboles, a las plantas y sobre todo a las flores".

La familia de los Arlanza era la de la duquesa. El
marido era duque del Alcanadre, pero por el hecho de
habitar el palacio de los Arlanza todos seguían llamán-
dolos por este nombre, lo que a la duquesa le gustaba
como un reconocimiento de la mayor solidez social de su
familia, y al marido le era indiferente. El viejo duque
propietario del título había regalado la casa a su hija y a
su yerno y esto suponía una cesión de varios millones.
No es que el duque fuera un hombre generoso, sino que
a medida que envejecía se le hacía más penoso vivir allí.
Tenía miedo, por razones largas de explicar, a las habitaciones donde murió su esposa. Por otra parte creía que
no tenía derecho a vender el solar de los abuelos.

La sala de armas estaba en los sótanos y en ella había una piscina cubierta. Aquella piscina representaba
— lo mismo que el ascensor instalado al pie de la torre — una innovación atrevida en la tradición del palacio
y allí iba la duquesa casi diariamente a nadar durante
media hora, completamente desnuda. Una de las puertas
de la sala de armas daba al parque y la otra a una especie de claustro que cercaba un patio interior. Sobre el
agua caliente de la piscina las altas ventanas proyectaban
en las mañanas soleadas lunares amarillos y sombras de
ramaje verde. La duquesa se divertía en la piscina como
una niña. Sus gritos sonaban bajo la bóveda entre las
piedras grises que modelaban el eco dándole una sono-

ridad de castillo o monasterio. A veces, después de desnudarse decía: "Qué rara esta facilidad con la que una
se queda en cueros". Lo solía decir mirando un maniquí
que se usaba para las clases de florete y que parecía
montar la guardia al lado de los armeros. No era extraño
que la duquesa pidiera a la doncella que levantara por
una esquina el repostero que cubría una parte del muro.
La doncella lo hacía y casi siempre salía volando una minúscula mariposa blanca. La duquesa se tranquilizaba
viendo que entre el repostero y el muro no había nadie.

Frente al pequeño trampolín desde donde la duquesa saltaba, había al otro lado de la piscina un espejo que
la reflejaba entera y, viéndose con esa mirada recelosa
con que las mujeres se contemplan, recordaba: "De niña
me decían que si me miraba al espejo desnuda vería al
demonio". Desde entonces se había contemplado muchas
veces sin verlo y llegó a la conclusión de que el demonio podía estar en la complacencia con que ella misma
se miraba. Pero al diablo no le había tenido nunca miedo — "quizá, se decía, porque es masculino" —. Ni en
sus años de infancia dejó de percibir que el demonio era
una especie de buen mozo donjuanesco de la Iglesia.
A su confesor le había dicho un día, en los tiempos en
que leía mucho y tenía "la manía interpretativa":

—Al diablo yo lo imagino como un joven galán sabio y hermoso. Es para mí algo parecido a lo que debía
ser Apolo para los gentiles.

Su confesor reía y la amonestaba.

La duquesa era una joven dama de costumbres regulares. A pesar de su belleza no había dado que hablar
— cosa rara — ni de soltera ni de casada. Esto no quiere decir que hiciera una vida monacal. Como era huérfana de madre y su padre andaba distraído con sus
amantes y sus caballos, quedaba en una gustosa libertad
que aprovechaba viajando y cultivando algunos deportes.
Poco a poco los deportes los dejó porque le hacían "demasiados músculos" — ésa era por lo menos la excusa

oficial ante sí misma —, pero en realidad porque, fuera de España, la "libertad deportiva" era entendida en la práctica con un sentido doble y la duquesa odiaba los equívocos. Generalmente se hacía acompañar de su tía la baronesa de Alcor, que tenía la manía de los viajes. Fue en uno de ellos — en Suiza — donde conoció a Esteban R., marqués de R. Tenía en Madrid una fama de mujeriego terrible y se parecía a la imagen que de niña se había hecho la duquesa del diablo. Por ambas razones lo encontró interesante y durante algún tiempo anduvieron juntos por todas partes. Pero Esteban — se decía ella — no era tan terrible como parecía. Cuando se dio cuenta de que la trataba a ella "de otro modo" porque se había hecho la idea de casarse con ella, se llevó una gran decepción sin saber por qué, volvió a Madrid y en pocas semanas se casó con el duque de Alcanadre, hombre amable, serio y cuidadoso de las conveniencias sociales. Lo dominaba la duquesa de tal modo que engañarlo le hubiera parecido un inútil abuso de autoridad. La duquesa no era, por otra parte, una mujer de fuerte temperamento.

El duque hallaba en el carácter de su mujer una armonía no permanente, sino cambiante y llena de pequeñas o grandes sorpresas. Cuando éstas llegaban dulcemente, como las de los colores y las formas bajo la luz natural, siempre igual y siempre diferente, se sentía encantado. Pero a veces la duquesa tenía genialidades desconcertantes y esos cambios súbitos alarmaban al marido, que estaba enamorado de ella hasta el extremo que puede estarlo un hombre incapaz de pasiones. Un día le había dicho él que era un monstruo, pero que la quería como era.

La duquesa se puso muy seria:

—Un monstruo al que podemos amar ya no es un monstruo sino un prodigio.

Se llevaban bien porque nunca trataba de entrar ninguno de los dos en el fondo de los sentimientos del otro.

La duquesa solía decir: "Somos un matrimonio ideal porque no estamos enamorados".

Esa mañana de julio de 1936 seguía la duquesa nadando en la piscina y pensando que la tardanza en salir aquel verano de Madrid comenzaba a llamar la atención de sus parientes y amigos. Nadaba completamente desnuda y entre los planos de mármol de la piscina su cuerpo resbalaba con movimientos suaves. Flotaba inmóvil en la superficie cuando Rómulo llamó a la puerta que daba al jardín. Era un hombre de media edad. Tenía una cabeza romana, de campesino cordobés. Hablaba poco y sus ideas sobre las cosas y las personas eran muy sólidas. Como todos los campesinos se había hecho su filosofía y le gustaba generalizar. De la vida decía que era "un lío de viceversas" y Rómulo trataba de poner orden en aquel lío siendo uno de los mejores jardineros de la corte. Llamó por segunda vez y la doncella fue a abrir. Como la puerta estaba desviada de la piscina — la sala de armas era enorme y formaba un ángulo —, la doncella abrió. La duquesa los oyó discutir. La voz de tiple de la sirvienta y la de bajo del jardinero hacían un curioso contraste. Rómulo insistía en que la duquesa le había dado órdenes especiales. La duquesa intervino de pronto diciendo:

—Rómulo, pasa.

La doncella se adelantó:

—Señora, es un hombre.

La duquesa arqueaba las cejas:

—¿Rómulo un hombre?

Y reía con un breve gorjeo de pájaro. Rómulo estaba allí y ella reía todavía. La doncella trataba de plegar una toalla, pero le temblaban las manos. La voz de Rómulo dando los buenos días temblaba también. La duquesa seguía flotando boca arriba, moviendo ligeramente las manos y los pies. Rómulo, que había oído la frase de la duquesa y el gorjeo con el que consagraba y sellaba su desdén — "¿Rómulo un hombre?" —, pensaba que si desviaba la mirada del cuerpo de su señora hacía una denuncia de lo inconveniente de la situación y seguía mirando sin pestañear y también — fuerza es decirlo — sin ver. Por el hecho de tener delante a la duquesa desnuda se sentía otro y la necesidad de comprender a "aquel otro" — que representaba una brutal sorpresa — le impedía darse cuenta de lo que estaba viendo. La duquesa tomó el sobre que le alargaba Rómulo, lo abrió, leyó algo en un papel, volvió a guardar este papel en el sobre, lo dio a la doncella y se quedó mirando a Rómulo:

—¿El que trajo la carta era un chófer de los señores de M.?

—Sí, señora.

—¿Está esperando?

—Sí, señora.

—Dile que llamaré yo al mediodía.

Rómulo no podía moverse. Afortunadamente, la doncella se interpuso y extendiendo toallas al borde de la piscina, rompiendo la rigidez del aire en aquel espacio donde la luz parecía haberse cristalizado, hizo posible que el jardinero moviera un pie, tratara de marcharse y se fuera, por fin. Cuando salió al parque la cabeza le daba vueltas. Volvió a la portería despacio, mirando sus propios pies, a los que iba ligada la sombra de su cuerpo. No comprendía nada. Ni la sombra, ni sus pies, ni sus propios ojos deslumbrados. Cuando llegó se había olvidado de los que llevaron la carta y al ver el coche ante la verja pareció despertar.

Entretanto la doncella, asustada, mostraba su espanto en cada gesto, en cada mirada, en cada silencio. Y pensaba: "¡Al lado de la señora pasan cosas como en los sueños!" La duquesa se dio cuenta y dijo:

—¡Un jardinero no es un hombre!

Se volvió de lado y comenzó a nadar a grandes brazadas. Salió luego del agua, volvió a tomar el sobre, sacó de su interior un telegrama, lo leyó de nuevo y lo quemó después en un hornillo eléctrico que había en el tocador. No hablaba. El silencio tenía entre aquellos muros de mármol y piedra castellana como un aura dorada. En el parque se oyó frenar un coche y poco después la voz del duque sonaba al otro lado de la puerta pidiendo permiso para entrar.

—Espera — contestó la duquesa, reclamando el albornoz en el que se envolvió.

Cuando el duque pudo entrar, la doncella salió discretamente. El duque, con una expresión sombría, daba nerviosos paseos entre el tocador y la piscina:

—No he encontrado a nadie en su casa. Yo creo que han salido ya todos y que están en sus lugares de destino.

La duquesa lo escuchaba de espaldas, atenta al espejo. Se miraba a sí misma con la mirada aguda y sagaz con que se mira a una rival:

—Ya te había dicho que no te molestaras — dijo —, porque las noticias nos llegarían aquí.

Señalaba el papel quemado sobre el mármol y decía:

—Mañana a las siete.

El duque jugaba una carta peligrosa y era la primera vez que los de Arlanza o los de Alcanadre arriesgaban tanto desde hacía siglos. La duquesa miraba a su marido con una curiosidad discreta e iba viendo en su porte tan pronto una decisión firme como una sombra de desaliento. Sus nervios la irritaban aunque sabía que eran "los nervios de la víspera". En cuanto el acontecimiento — fuera propicio o adverso — se produjera, el duque recobraría su calma habitual.

—¿Qué va a pasar? — preguntaba él.

—Siempre has creído que el triunfo era seguro y fácil.

—A medida que se acerca el momento se ven mejor las dificultades. ¿Tú qué crees?

—Que hay una manera de triunfar siempre.

—¿Cómo?

—Basta con saber perder.

El duque repetía que no podía seguir en Madrid y que el día le estaba pareciendo desesperadamente largo. No hallando un programa mejor decidieron irse a Segovia, donde pasaba el verano el padre de la duquesa. Comerían con él y volverían a última hora de la tarde. Ella quería asegurarse antes de que no estaba su padre con "la bruja". La duquesa hubiera tolerado a aquella mujer, que no conocía, si se tratara sólo de una antigua amiga de su padre. Pero muchos años atrás — recién nacida ella — aquella mujer apareció mezclada en el escándalo de la muerte de la duquesa madre (una venenosa sucesión de comadrerías) y el nombre del duque fue a veces traído y llevado con demasiada ligereza. Se hablaba de suicidio y oficialmente en eso quedó el asunto, pero la gente seguía hablando y en la conciencia de la duquesa había quedado la sombra de una duda, lo que bastaba para que no pudiera ya pensar en aquella mujer sin repugnancia. No culpaba, en cambio, a su padre y cuando analizaba la benignidad de su propio fallo en aquel difícil asunto se decía: "No lo acuso quizá por comodidad".

Cuando la duquesa estuvo lista salieron para Segovia. Quedó el palacio con las puertas cerradas y Rómulo sentado en el umbral de la casa de ladrillo rojo que se disimulaba entre los árboles a un lado de la verja. Allí vivía desde hacía quince años. Miraba por encima del periódico a su esposa Balbina, que iba y venía atareada. Dentro de su imaginación nacía, fructificaba, quería crecer y extenderse aquel Rómulo que había entrevisto en la piscina y que seguía sin comprender. No era completamente nuevo. Lo había conocido, a aquel Rómulo, cuando tenía diecinueve o veinte años. Pero poco tiempo después la imagen fue perdiendo gallardía y acabó por perder también las líneas y las formas. Poco antes de cumplir Rómulo treinta años se desvaneció. Era aquel un Rómulo más seguro de la vida, de sí mismo, pero de pronto recordaba las palabras de la duquesa— "¿Rómulo un hombre"? — y se sentía vacilar. Recordaba la risa que siguió a estas palabras y se sentía en ridículo. Preguntó a su mujer:

—¿Qué dirías tú, Balbina, si yo te preguntara lo que es un hombre?

La mujer lo miraba queriendo averiguar lo que sucedía dentro de aquella cabeza. Por fin dijo:

—¿No sabes tú mejor que yo lo que es un hombre?

Pero Rómulo preparaba otra pregunta más difícil. Tan difícil que no se atrevía a hacerla. Por fin dijo:

—¿Tú te dejarías ver desnuda por el señor duque?

Sintiéndose halagada, Balbina contestó:

—¡Qué ocurrencia! ¡De ningún modo!

—¿Por qué?

—El señor duque es un hombre.

¡Ah, Rómulo no lo era! — la duquesa lo había dicho —. La duquesa se rió — "¿Rómulo un hombre?" — porque la sola idea la hacía reír. Rómulo se pasaba la mano por la frente sin comprender. Al mediodía, Rómulo, no pudiendo más, fue en busca de la doncella de la duquesa y la encontró sentada a la mesa en el comedor de criados. Rómulo le dijo en voz baja:

—¿Has visto lo que ha sucedido esta mañana?

—¿Que entregaste una carta a la señora?

—Sí, pero hubo algo extraordinario y fuera de lo corriente.

—¿Qué?

—Algo increíble.

La doncella le ofrecía una silla:

—Es verdad, según el orden del servicio tenía que ser un criado de estrados quien entregara la carta y no tú.

—No es eso, mujer. Tú me entiendes.

La doncella sonreía:

—Rómulo, después de afeitarte te queda una sombra azul en la cara que te va muy bien.

—Déjate de simplezas. ¿Tú oíste aquello?

—¿El qué?

—Lo que dijo la señora.

Ella lo miraba extrañada:

—La señora dijo que iba a Segovia.

Rómulo comenzaba a darse cuenta de que su insistencia delante de la doncella indiferente era también ridícula.

—Bien, está bien — dijo.

Y fue saliendo. Volvió a su casa con lentos andares. Consideraba más humillante el incidente después de ir a buscar en vano la explicación de la doncella.

A media tarde, estando Rómulo en el cuarto cuya ventana daba a la calle, oyó tocar en el cristal con un bastón. Rómulo se acercó y no vio a nadie: "¿Por qué no tocan el timbre?" Balbina, su mujer, decía: "Debe ser Elena". Rómulo salió de mal humor al parque.

Junto a la entrada de coches había otra puerta mucho más pequeña. Al otro lado estaba *Elena*. A pesar de su nombre no era una mujer sino un hombre de unos cuarenta años, tan pequeño que apenas llegaría a las rodillas de Rómulo. Como contracción de *el enano* la gente lo llamaba *Elena*. Iba cuidadosamente vestido y tenía en su enorme cabeza una expresión muy dura. Solía decir de sí mismo con orgullo: "Pequeño, pero cenceño". Trabajaba en una cerería del barrio y había intentado en vano, años atrás, entrar en el servicio del palacio. Al ver a Rómulo en mangas de camisa, dijo:

—¿No están sus excelencias?

—No.

—Lo siento. Venía a comunicarles algo sensacional. Usted puede decírselo, señor Rómulo.

—¿Yo? ¿El qué?

—Han asesinado a Calvo Sotelo.

A Rómulo aquel nombre no le decía nada. *Elena* añadía, haciendo una pequeña flexión de piernas:

—Usted vive en el limbo.

Después, como si no valiera la pena iniciar a Rómulo en las cuestiones políticas:

—Dígales eso a sus señores.

Se dio cuenta de que Rómulo no pensaba decírseles y añadió, para hacer ver que el orden del servicio no le era desconocido:

—Dígalo al mayordomo, él se lo dirá al administrador y éste al secretario de su excelencia.

Luego se fue sobre sus cortas piernas, contoneándose. Rómulo lo vio acercarse a un portal, al otro lado de la calle, mirar cuidadosamente abajo y arriba y, al ver que no había nadie, pintar con tiza una svástica en la puerta. Rómulo volvió a la portería y dijo a su mujer: "No puedo con ese tío. Me revuelve el estómago". Balbina exclamó: "¡Pobre desgraciado de Dios!" Rómulo protestaba: "No veo por qué lo compadeces. Es la criatura más satisfecha de sí misma que he visto en mi vida". Pero Rómulo seguía inquieto recordando el incidente de la piscina. No podía acostarse mientras no volvieran los señores y era ya muy tarde cuando oyó el coche. Abrió la puerta deslumbrado por los faros. Aquella luz parecía proceder de la duquesa, de la misma duquesa a la que imaginaba, sin poderlo evitar, desnuda en el coche igual que en la piscina. No pudo ver quién más iba dentro, aunque reconoció al chófer, que contestó a sus buenas noches. Rómulo, después de cerrar, se acostó y cuando llevaba una hora en la cama sonó a su lado el timbre del teléfono. Le hablaba el mayordomo diciendo que el señor iba a salir otra vez. Rómulo se vistió apresuradamente y salió a abrir y a cerrar la verja. Cuando volvía vio luz en el ala del palacio donde estaban las habitaciones de la duquesa. Era muy tarde. Oyó una radio lejana dando noticias. Rómulo, sintiendo que había novedades en las costumbres de la casa volvió a su dormitorio.

—Pasa algo — dijo a su mujer.

—Sí, yo también veo que hay demasiado movimiento, como si en la familia estuviera naciendo un niño o muriéndose un viejo.

Esto hizo gracia a Rómulo, quien trataba en vano de dormir. En el palacio seguía la agitación. Los teléfonos sonaban con frecuencia. Balbina le dijo que debía levantarse y estar vestido por si le llamaban, pero Rómulo no le contestó. Al fin las luces fueron apagándose y los rumores se extinguieron. Rómulo se durmió.

A las ocho del día siguiente, Madrid era un campo de batalla. A las diez la lucha parecía concentrarse en el Cuartel de la Montaña, aglomeración de edificios militares que dominaba una colina aislada por parques y avenidas entre la plaza de España y Rosales. Al mediodía, después de varios asaltos que costaron centenares de vidas, el pueblo madrileño consiguió tomar la colina y reducir a los rebeldes. En pocas horas el aspecto de la ciudad había cambiado. Sucedieron de la manera más natural y simple las cosas más extrañas. El aire de Madrid, que era un aire de día de labor, sacudido por los cañonazos parecía de fiesta. En el patio del Cuartel de la Montaña encontraron después de la batalla más de cincuenta oficiales y jefes muertos. En los bolsillos de uno de ellos aparecieron los documentos del duque de Alcanadre.

A media tarde se presentó delante de la verja del palacio el coche Hispano en el que el duque había salido la noche anterior. Tenía dos balazos en el parabrisas. Iba lleno de gente joven con fusiles y brazaletes republicanos. Rómulo estuvo mirándolos sin comprender. Nada de aquello le parecía serio. "Parece — pensó — que están haciendo una película."

—¿No es ése el coche del señor? — preguntó ingenuamente.

—El señor no existe — dijo uno de los milicianos, subrayando "el señor" —, y el coche ha sido requisado por las milicias republicanas.

Diciendo esto señalaba un papel pegado al parabri-

sas con un sello. Rómulo les pidió que esperaran y fue al
interior del palacio. La duquesa estaba en el vestíbulo
mirando a través de los cristales. Rómulo iba repitiéndo-
se por el camino aquella palabra — requisado — que oía
por vez primera en su vida. A la expresión "el señor no
existe" no sabía qué sentido darle. Ante la duquesa, que
lo miraba en silencio, comenzaba a sentirse de nuevo "el
otro Rómulo". Repitió las palabras de los milicianos y
la duquesa, un poco pálida, dijo:

—No se puede resistir. Ábreles.

El viejo mayordomo intervino:

—Antes de abrir lo mejor será que la señora se
retire.

Ella fue despacio hacia el ascensor cuyas puertas de
corredera ajustadas entre dos columnas lo disimulaban
perfectamente. Rómulo salió, abrió la verja y el coche
entró y frenó violentamente frente a la puerta principal.
Los milicianos descendieron y entraron. Dos se quedaron fuera con el fusil al brazo. Todos tenían los ojos
fatigados, el rostro quemado del sol. Había cierta peligrosidad en sus movimientos, pero su manera de escuchar
estaba llena de calma y de responsabilidad. El mayordomo aseguraba que ninguna de las personas de la familia
de los duques estaba en la casa. Los milicianos lo creye-
ron y el que parecía jefe de la patrulla dijo: "Es natural,
no iban a estar esperándonos". Detrás de una gran puerta de cristales se iban convocando, sin atreverse a salir, los sirvientes. Los milicianos preguntaron al mayordomo:

—¿Hay entre ustedes alguno que pertenezca a algún
partido republicano?

El mayordomo hizo un gesto negativo. Un miliciano
ordenó a los sirvientes que salieran, y cuando estuvieron
todos formados en un extenso semicírculo, dijo:

—¿Entre el personal de cocinas o del parque no hay
por lo menos algún afiliado a un sindicato?

Rómulo miraba el coche Hispano, en cuyo parabrisas había pintadas tres iniciales blancas. Recordó que tenía unos papeles y un carnet encabezados con aquellas mismas letras. Meses atrás alguien le insistió para que se afiliara y Rómulo lo hizo por complacerle, pensando que aquello carecía de importancia. Avanzó y dijo:

—Yo. Yo estoy en un sindicato que tiene esas mismas iniciales.

—Bien — dijo el miliciano —. Todos los demás van a salir de la casa. Tú quedarás con las llaves y nos responderás de que nadie entre ni salga sin tu conocimiento. ¿Tienes armas?

—No.

Le iban a dar una pistola, pero antes le exigieron que mostrara el carnet sindical y Rómulo fue a buscarlo. Cuando volvió, el miliciano le entregó el arma y dijo a los otros:

—Tienen ustedes dos horas para abandonar el edificio, que desde este momento pertenece a la República, es decir al pueblo.

El registro de la casa se hizo sumariamente. Las sirvientas iban y venían llorando y haciendo sus equipajes. Comenzaron los milicianos a registrar entre los papeles privados del duque, pero era una tarea fatigosa y sin resultado. Uno dijo que estaban perdiendo el tiempo y que no quería descender a aquella ocupación de policías. En cuanto a la duquesa, nadie preguntó por ella. Descendieron los milicianos a la sala de armas y sacaron de allí cinturones, tahalíes, otras correas y tres pares de botas de montar. Rómulo, que los acompañaba, viéndose ante la piscina reconstruía en su memoria la escena del día anterior. Por las altas ventanas no entraba ya el sol, pero se veían las ramas de los árboles de un verde jugoso y fresco. Rómulo atendía a las preguntas de los milicianos y contestaba con un acento veraz y simple. Aquellos hombres vestidos de civil como cualquier otro y con armas al hombro y brazaletes en la manga no le producían impresión alguna de autoridad. La noticia del duque muerto le parecía increíble y su falta de verosimilitud daba a las demás cosas un acento también irreal. Pero cuando salían de la sala de armas y un miliciano que llevaba un florete en la mano lo clavó contra el peto de protección del maniquí, pensó Rómulo que el gesto de aquel miliciano tenía un dominio y una soltura sorprendentes y que podría haber algo de verdad en todo aquello. Cuando el miliciano que parecía el jefe le dio a su vez un brazalete republicano que tenía un sello azul estampado sobre la franja amarilla de los colores nacionales y le dijo: "Tu sueldo corre de cuenta de la Junta Nacional de Incautaciones", aceptó que, en determinadas condiciones, la casa de los duques de Arlanza podía quizás acabarse. Rómulo recibió del mayordomo las llaves, todas las llaves, y no acababa de encontrarse con ellas en la mano y con el derecho a abrir y cerrar y disponer de las cosas sin rendir cuentas a nadie. La casa ducal sólo existía de momento en la persona de la duquesa, que seguía escondida y que estaba a merced de él. Si se detenía a pensar en esto volvía a verse a sí mismo como a otra persona — como el Rómulo de su juventud — y el cambio sin transición era tan rápido que no le dejaba tiempo para pensar. Era como si la vida misma, ofreciéndole aquella imagen, ya desvanecida, de Rómulo, perdiera todas las leyes secretas que la habían hecho grave y temible y se convirtiera en una broma.

Los milicianos se habían marchado y Rómulo volvió a su vivienda ya avanzada la tarde. Dejó sobre la mesa el llavero — más de cincuenta llaves con sus cartelitos y sus números — y la pistola. Estuvo largo rato contemplándolos y tratando de ordenar sus ideas. Casi todas las cosas que había hecho le parecían encerrar un sentido confusamente peligroso:

"Vi salir a todos los criados sin decir una palabra."

"Registré sus baúles como un policía y en el del cocinero hallé objetos de valor que, no constando que fueran de su propiedad, retiré, a petición de los milicianos."

"Permití que los milicianos se quedaran con el Hispano."

"No podía hacer nada para evitarlo, pero me hice responsable en cierto modo enseñándoles también el Buick y el Chévrolet que había en el garaje y que enviarán a buscar mañana."

"Acepté el brazalete republicano y la pistola."

Al llegar aquí preguntó a su mujer por el brazalete y ella dijo que lo había echado al fuego y que para compromisos, bastantes tenían ya. Rómulo se calló. Salió otra vez al parque. Se oían en la lejanía, a través de un aire más fresco y como perfumado por el crepúsculo, disparos sueltos. El atardecer era también un atardecer de fiesta. Rómulo recordaba a la duquesa desnuda. "Aquella desnudez ha traído todo este caos" — se decía muy convencido —. "¿Cómo? ¿Por qué? Eso yo no lo sabré nunca." Rómulo veía el parque silencioso, tranquilo, con los macizos de boj que al oscurecer parecían negros y los álamos que eran, en cambio, de un verde luminoso. Recordaba las noches de gala, en las grandes fiestas. El parque y la casa y el cielo mismo en lo alto parecían entonces de cristal. Y miraba ahora el parque desierto y las piedras labradas de las columnas que sostenían la verja y se decía: "Yo no sé lo que puede pasar aún, después de haber visto a la señora como la vi ayer, pero todo el mundo está de fiesta". Llevaba las llaves en la mano y las contemplaba abstraído. "Esto es la guerra, pero ¿qué guerra? ¿Qué clase de guerra? ¿Y qué va a pasar todavía esta noche o mañana?" Miraba Rómulo la avenida de cipreses solitaria. Habían matado al duque. En las ramas altas los pájaros alborotaban como todas las noches antes de acostarse. Rómulo se preguntaba inquieto si lo que había hecho — o lo que no había hecho — estaba bien. Pasaba su mano dura por la mandíbula produciendo un rumor áspero como si su piel fuera de cartón. "Todos se han marchado, cada cual a lo suyo. ¿Y yo?" Regresó a su casa. Poco después volvió a oír tocar con un bastón en el cristal. Balbina dijo: "Es *Elena*". Rómulo, a quien aquella manera de llamar irritaba, murmuró: "¿Por qué no ha de tocar el timbre?" Balbina le recordó que no alcanzaba al botón con la mano. Rómulo salió. *Elena* parecía en las sombras, con su sombrero claro, un hongo que hubiera crecido entre las losas de la acera. Enseñó a Rómulo una pistola que llevaba metida en el cinto:

—Diga a sus excelencias que no tienen más que mandar.

Sin esperar respuesta se marchó calle abajo, pero de pronto volvió y dijo:

—Sus excelencias deben acordarse de un *jockey* que tuvieron hace seis años. Se llamaba Froilán. Dígales que soy primo segundo de él por línea materna.

Volvió a mostrar la culata de la pistola, escupió de medio lado y dijo:

—"Los rojos" me buscan. Si siguen buscándome, me van a encontrar.

Se marchó. Rómulo no comprendía. "Los rojos." Y también, "Calvo Sotelo". Las cruces svásticas en las puertas. El enano perseguido. ¿Quién podía seriamente perseguir a un enano? Pero el enano, además, "protegía a sus excelencias". Cada vez comprendía menos. Se sentó en el umbral de su vivienda. La duquesa estaba en el último piso del torreón. La imaginaba desnuda. No podía pensar aquel día en ella sin verla así. El torreón tenía cinco apartamentos de invitados que no se usaban hacía tiempo. Es decir, cuatro, porque el de la planta baja estaba cerrado desde que murió la duquesa madre. Rómulo miraba al torreón. Quería hacer algo por la duquesa, pero no podía hacer nada más que aguardar sus órdenes. Era ya de noche cuando sonó el teléfono de la portería. Era ella que lo llamaba. Parecía tan tranquila como siempre y pedía a Rómulo que encendiera los hornos de una antigua instalación que ya no se usaba, para dar agua caliente al torreón, y que le llevara un aparato de radio. Seguía hablando ligeramente, con un ánimo perfectamente calmo — nadie diría que su marido acababa de morir — y terminó diciendo que tuviera cuidado con sus actos porque quizás un día tendría que explicarlos. Aunque lo dijo como una amistosa advertencia, Rómulo salió al parque preocupado y sin poder comprender por qué esas palabras le habían sonado como una amenaza.

Cuando llegó arriba con el aparato de radio, vio que la duquesa iba y venía mirándolo todo con el despegado interés de una persona que acaba de cambiar de vivienda. Rómulo hizo una frase de circunstancias "acompañando a la señora en su dolor". La duquesa lo miraba como si fuera la primera vez que lo veía:

—¿Por qué mientes, Rómulo? — dijo, sonriendo —. Tú no sientes la muerte del duque y es natural. Entonces, no es necesario decir nada.

La duquesa iba y venía tratando de familiarizarse con la atmósfera de aquellas habitaciones en las que no había vivido nunca. Eran espaciosas y cómodas. Tenían arañas de cristal, cornucopias antiguas, y la tapicería era clara. El dormitorio, junto a la terraza, tenía todos los atractivos de una alcoba de príncipes. La duquesa no se encontraba mal allí, pero había oído contar viejas historias en relación con el torreón, y a medida que avanzaba la tarde miraba con recelo a un lado y a otro, como si temiera ver materializarse en el aire las imágenes de los abuelos muertos. Cuando apareció Rómulo se sintió más tranquila. Rómulo seguía en pie delante de ella, pero evitaba mirarla porque detrás de la duquesa, en el muro, había una inmensa marina con cielo azul y las olas rompiendo sobre una costa baja. El rostro de la duquesa estaba justamente delante de las aguas, como en una playa. O como en la piscina. Rómulo sentía que la duquesa le preguntaba algo. Los lugares largo tiempo deshabitados tienen una sonoridad diferente y Rómulo tardó en darse cuenta. La duquesa le preguntaba si los milicianos le habían dicho cuándo pondrían una guardia permanente. Rómulo contestó que al día siguiente, pero trató de tranquilizarla diciendo que el palacio era muy grande y que él cuidaría día y noche de su seguridad.

—¿"Los rojos" habrán saqueado la casa? — preguntó ella.

—No, señora. No han tocado nada.

La duquesa lo miraba fríamente:

—Buenos muchachos, ¿eh?

Rómulo iba a decir que sí, pero se contuvo, y en lugar de afirmar con la cabeza inclinó ésta sobre un hombro y abrió un poco los brazos. Su situación le parecía tan arrogante que no sabía qué decir. Iba por fin a hablar cuando ella le dijo con un amistoso acento de reproche:

—No quiero que haya situaciones falsas en mi casa. Rómulo, puedes disponer de ti, márchate como los otros, si quieres.

Rómulo balbuceó:

—Prefiero seguir al servicio de la señora.

La duquesa se creyó obligada a advertir que aquella situación podía durar meses.

—Señora, aunque sean años, ésa es mi palabra.

La duquesa callaba y lo miraba:

—Pero hay algo que no comprendo. ¿Cómo es que te dieron las llaves a ti y no a otro?

Rómulo se dijo: "Ah, la señora hubiera preferido que se las dieran a otro, al mayordomo, quizá". Pero contestó explicando minuciosamente lo ocurrido. Aunque en la servidumbre del palacio estaba prohibido afiliarse a sindicatos, Rómulo hablaba de su carnet con una facilidad y una inocencia que desarmaban a la duquesa. Ella le dejaba hablar. Se oían tiros aún, unos lejanos y otros más próximos. La duquesa parecía poner en ellos la misma atención mecánica y despreocupada. Preguntó:

—¿Hay más sorpresas, Rómulo?

Lo miraba otra vez con un "desinterés" que humillaba a Rómulo. "No se mira así a un ser humano — se decía —, sino a un animal o a un mueble." La duquesa hablaba:

—¿Tienes ahí la pistola que te dieron "los rojos"?

—Sí, señora.

La duquesa alargaba la mano. Rómulo se la dio y la duquesa la dejó sobre el brazo del sillón:

—Gracias.

Después de un largo espacio en silencio ella volvió a tomarla y se la ofreció:

—Quédate con ella y piensa contra quién debes usarla si alguna vez tienes que disparar.

La duquesa, muy sonriente — "¡y su marido muerto!", pensaba Rómulo —, tomó de la juntura de los cojines con el respaldo del diván otra pistola y la mostró en la palma de la mano. Era muy pequeña, con guardas de oro y nácar. Rómulo, viendo aquel arma en manos de la duquesa, se sentía en una situación falsa. Parecían dos enemigos. Nunca pudo imaginar a la duquesa con un arma en las manos. Rómulo veía detrás y encima de la duquesa la enorme marina colgada del muro y llena de azules fluidos como la tapicería del diván, como los pequeños iris de los cristalitos de las cornucopias.

—Quizás he hecho una tontería, pero yo no entiendo sino de cuidar el parque. ¿La señora cree que no es bueno pertenecer a un sindicato? — dijo con firmeza.

—Bueno o malo, estaba expresamente prohibido en la casa.

Rómulo la miraba confuso:

—Perdone la señora, pero el padre Lucas, que venía a la misa de servicio, nos habló de la conveniencia de pertenecer a un sindicato.

La duquesa se daba cuenta de que Rómulo no había escuchado al padre Lucas o lo había escuchado sólo a medias, como solía hacer ella misma:

—Pero el padre Lucas os hablaba del sindicato católico.

—Perdone la señora, yo recuerdo bien que era el Sindicato Libre.

—Claro, claro.

El hecho de que a los sindicatos católicos les llamaran sindicatos libres no se lo podía explicar Rómulo. La duquesa se levantaba diciendo:

—Bien, no importa. Gracias por tu lealtad, Rómulo.

Rómulo veía las lámparas encendidas y una de las ventanas abiertas. Desde el parque se podía ver la luz y si los milicianos regresaban preguntarían quién vivía allí y habría que dar explicaciones difíciles. Rómulo advirtió:

—Es ya de noche, señora, y las luces pueden dar el aviso a los que miren de fuera.

—Bien, cierra la ventana y márchate. Yo te llamaré si te necesito.

El jardinero cerró no sólo ésa sino todas las demás ventanas, se inclinó y entró en el ascensor.

Cuando estuvo sola, la duquesa se acercó a un escritorio, tomó un pequeño libro encuadernado en cuero blanco y comenzó a escribir sosegadamente:

"El duque vive, según me han dicho por teléfono. Ese pobre Rómulo, viéndome tan sonriente, debe pensar que soy una mujer sin entrañas.

"No me inquieta la suerte de papá. Ayer quedamos en que si el triunfo de los nuestros no era inmediato iría a refugiarse a una embajada. Además, lo que me han dicho por teléfono, vago y todo, era bastante para tranquilizarme. La voz del que me habló era la del barón de C..., que, naturalmente, no dijo su nombre. Sabe nadar y guardar la ropa. Yo he cometido la imprudencia de preguntarle con demasiado interés por Esteban, el marqués de R., el hermoso Satán. Son amigos y no tardará en averiguar Esteban que me inquieto por su suerte. Ése sí que es..."; pero no quiso escribir demasiado por si aquellas notas caían algún día en manos de alguien.

"Yo no estoy en peligro. Esta gente del pueblo cree realmente que el respeto por la mujer es un sentimiento

noble y estoy segura de que si me descubrieran no me
harían daño. Además, al pueblo le desarma la hermosu-
ra — dicho sea sin modestia —. Me escondo únicamen-
te para evitar dificultades — detenciones, interrogato-
rios — y porque antes de una semana o habrán triunfado
los nuestros o estaremos perdidos para siempre. Los
míos son los monárquicos, no quiero promiscuidades con
cierta gente. No sé en realidad cómo van a traerme aquí
a Alfonso XIII, pero quizá cabalgará en una nube y des-
cenderá suavemente sobre el trono a los acordes de la
marcha real.

”El que cree que estoy en peligro es Rómulo, o quizá no lo cree y está especulando para hacerse el importante después de la escena de la piscina. Comprendo que
fue una locura. Lo comprendo ahora al ver cómo la pro-
videncia — mi confesor me regañaría por decir la provi-
dencia y no Dios — me ha castigado poniéndome a
merced de ese jardinero a quien quizás humillé demasiado. A veces pienso que en la vida hay un juego fatal de
compensaciones dirigido realmente por un ser indiferente
y justiciero.

”Tengo que confirmar los indicios sobre la situación
de papá.”

Entretanto el ascensor llegó abajo y se detuvo con un
golpe blando. Rómulo salió, cruzó el parque, sintió cierta tristeza en aquella soledad poblada de sombras que
siempre fueron amistosas y que ahora eran inquietantes
y entró en su casa. Su mujer lloraba. Después de cenar
se acostaron. Rómulo, recordando la entrevista con la
duquesa, creía haberse conducido bien. Ella quería que
le hablara y quizás él no le había hablado bastante, pero
al mismo tiempo la duquesa parecía obligarle al silencio
con su indiferencia, su sonrisa despreocupada. En todo
caso era difícil hablarle delante de aquel cuadro que había en el muro y que estaba lleno — no sabía por qué —
de alusiones a la desnudez femenina. A pesar de todo,
Rómulo sonreía. Su sonrisa desaparecía poco a poco.

Balbina seguía sollozando y repitiendo: "Pobre señora duquesa, tan joven y tan hermosa, habiéndolo perdido todo en la vida". Rómulo no podía tolerar el placer y la voluptuosidad que había detrás de aquellas palabras. Se levantó y salió a la puerta. Fue a revisar los hornos para proveer de agua caliente el torreón, echó más carbón y volvió a su casa. Los hornos estaban en un lugar apartado del parque, detrás de los lavaderos mecánicos. El parque volvía a parecerle abandonado y silencioso. No había encendido las luces — ¿para qué? —. Las puertas del garaje estaban abiertas y dejaban ver el lugar del Hispano vacío, como una acusación.

Cuando volvía a su casa oyó en el torreón del palacio el timbre del teléfono. "Si regresan esos milicianos — pensaba — y oyen ese timbre va a ser difícil explicarlo." Pero poco después en el torreón no se oía nada. No podía dormir. Hacia medianoche, después de grandes dudas, decidió desconectar el teléfono. Salió en camiseta y zapatillas — una libertad que nunca se hubiera permitido estando uno de los señores en la casa — y mientras lo hacía se decía a sí mismo: "Esto aísla a la señora, esto la encierra más y la priva del consuelo de hablar con personas amigas o quizá con algún pariente, pero yo no tengo más remedio que hacerlo si he de velar por su vida". Una vez hecho, regresó y la idea de que la duquesa estaba incomunicada le halagaba. Seguían oyéndose disparos lejanos. "La guerra es la guerra." Balbina tampoco dormía y se dedicaba a recordar los episodios más notables de la vida del duque. Tuvo Rómulo que soportar sus plañidos. Cuando él iba abandonándose al sueño ella se daba cuenta y lloraba más fuerte para despertarle. Al fin Rómulo renunció a dormir y se dedicó a comprobar de vez en cuando que en el torreón no había luz. Pensaba en la duquesa: "Quizá cuando se queda a solas llora igual que mi mujer, pero delante de mí sonríe porque yo no debo entrar en el mundo de sus sentimientos". Esto le producía cierta ternura doblada de cierta decepción. Se levantó, se sentó al lado de la puerta y se quedó allí largas horas.

Pero la duquesa no lloraba. Estaba en su cama, desvelada, hojeando un libro. Era el tercero que había tomado de un estante y después de leer dos páginas lo cerró y fue a buscar otro.

No podía leer. Recordaba la escena con Rómulo en la piscina. Sin los hechos recientes, la sublevación, la derrota, no hubiera vuelto nunca a recordar el incidente. Viéndose obligada ahora a ver a Rómulo con frecuencia y a agradecerle una lealtad que seguía pareciéndole dudosa y que antes era segura y completa, se iba perdiendo en consideraciones morales y de pronto decía entre dientes, sin darse cuenta de que estaba hablando:

"Fue una imprudencia."

Para distraerse volvió a leer. Pero el sueño no tardó en llegar. Despertó en medio de la noche creyendo haber oído algo. La pequeña lámpara de la cabecera de la cama, no más luminosa que una luciérnaga, seguía encendida, pero no le permitía ver más lejos de la linde del lecho. Alrededor las sombras parecían aglomerarse y bloquearla. Súbitamente decidida saltó de la cama y salió al cuarto inmediato. En el diván había un hombre sentado de espaldas. Dio ella un grito y el hombre se volvió. El duque, su marido.

—Hijo, que susto me has dado.

Él se levantó y la besó.

—Perdona — dijo —. No quería despertarte.

Ella le encontraba los ojos febriles y como fatigados por la intemperie de aquel día de julio. Había en él una ignorancia de sí mismo que a la duquesa le parecía no haber visto antes. Lo encontraba súbitamente endurecido, más adulto. Pero un poco fantasmal. Sus palabras tenían un eco interior, como si los espacios de donde salían fueran inmensos y estuvieran deshabitados.

—¿Estás bien? — le preguntó.

—Hasta ahora sí.

El duque hablaba de lo sucedido en el Cuartel de la Montaña, pero la duquesa parecía no escucharle. Buscaba en su expresión, en el acento de su voz las cosas que no decía, que no podía decir aunque quisiera, porque en la tensión producida por los acontecimientos no había podido pensarlas aún. "Está vacío — se dijo — y el aire de ese vacío está helado." Se sentaron cerca de la puerta de la terraza. Ella preguntó, afirmando:

—No hay esperanzas, ¿verdad?

El duque lo creía también, pero no podía tolerar oírlo en otra persona:

—No se puede hablar así. Tú comprendes, hay demasiadas cosas detrás de nosotros. En último extremo no podemos perder. Pero es duro, claro. La gente cae.

Ella, oyéndolo hablar, se decía: "El frío de su vacío interior tiene pequeñas luces fatuas, como en los viejos cementerios". El duque iba diciendo nombres. Tres parientes de ella y dos de él habían muerto. La duquesa nunca hubiera creído capaces a aquellas personas de morir heroicamente. El duque seguía hablando. El marqués de R., Esteban, había logrado escapar, lo mismo que él, poco antes de ser tomado el Cuartel de la Montaña por los republicanos. Al hablar de Esteban el duque parecía más firme y la duquesa más atenta a sus palabras. Esteban había tenido la idea de cambiar su chaqueta por la de un muerto civil, y él había hecho lo mismo con un militar, porque iba de uniforme. En los bolsillos había papeles de identidad. Después, en casa de Esteban... es decir, en un "picadero" que tenía... La duquesa no comprendía esta palabra y su marido le dijo que era un lugar más o menos clandestino para aventuras donjuanescas. La duquesa sonrió. Allí le dio Esteban un traje civil, pero el duque conservaba la documentación del oficial muerto, que era el teniente Martínez Hungría. Con su nueva personalidad parecía estar a salvo de momento, porque no era de suponer que los milicianos conocieran a aquel oficial, pero había un peligro...

La duquesa le interrumpía:

—¿Tú vives allí?

—¿Dónde?

—¿En el... "picadero"?

"¡Ah! — pensó el duque —. La idea del picadero le ha quedado en la imaginación." Y añadió en voz alta:

—Sí, por ahora. Es un piso tomado con nombre falso. Nadie sabe en la casa que Esteban es el marqués de R.

—¿Qué dice Esteban?

—Su caso es muy diferente. Está lleno de responsabilidades.

La duquesa no comprendía. Veía las luces fatuas temblar en los silencios nerviosos del duque. ¿No tenían las mismas responsabilidades todos? ¿O quizá su marido no se había batido?

—Precisamente — decía él —. Yo me he batido. Soy un soldado. Pero no soy más que un soldado. Es decir, que fuera de la acción militar soy incapaz de matar a nadie. En cambio Esteban... Pero ¿para qué hablar? Hemos perdido en Madrid aunque al final el movimiento triunfe. De momento hemos perdido aquí y habría que comprenderlo y entregarse.

La duquesa veía que entre los ojos y las palabras de su marido había calmas extrañas, luces que no se correspondían. Cierta incongruencia.

—¿Entregarse? ¿No es peligroso?

—Cada hora que pasa es peor. Por culpa de Esteban y de otros como él. En este momento — añadió pensativo —, quizá tienes razón, quizás es el suicidio.

Callaban. El duque añadió:

—Esteban, ahí donde lo ves, mató a sangre fría a varios hombres. Fueron los primeros tiros que se dispararon en Madrid. Esos hombres se habían negado a secundar la sublevación y el capitán de su compañía los desarmó y los envió al calabozo. Cuando llegó Esteban los hizo salir y los fue matando de un tiro en el pecho. Ha hecho cien barbaridades más. Yo no soy un sentimental, pero todo eso era innecesario y nos incapacita ahora para reclamar el fuero de guerra como prisioneros.

Ella le preguntaba qué era lo que él había hecho en el Cuartel de la Montaña. El duque era oficial de complemento de Artillería y decía, un poco extrañado de su propia voz:

—Mandé una batería que hizo unos cien disparos. Los aviones me desmontaron tres piezas en la primera media hora. Hice lo que pude. Volvería a hacerlo porque creo que es mi deber. Pero a Esteban no lo entiendo. Dice que el pueblo tiene razón, pero que hay que quitarle la razón del cuerpo a balazos. Está loco.

—¿Dónde está Esteban?

—Abajo, guardándome la espalda.

—¿No es peligroso para los dos andar juntos?

Después de una pausa el duque se encogió de hombros. La duquesa miraba sin comprender:

—Por lo menos cuando vengas a verme, ven solo. Si vienes con él, un día caeremos los tres.

El duque hablaba como un autómata:

—Mi nueva identidad no me servirá mucho tiempo, porque el Gobierno ha llamado por la radio a todos los oficiales de la guarnición de Madrid. Yo soy el teniente Martínez Hungría. Si me presento, alguien puede reconocerme, y si no me presento soy un desertor.

—Te fusilarán, si te reconocen.

El duque encendía el segundo cigarrillo y agitaba la mano en el aire para apagar la cerilla. Hacía todo esto con cierta arrogancia.

—Probablemente.

Veía que los ojos de su mujer habían perdido aquella opacidad desmayada que le daba una expresión de piedad. Dijo que estaba fatigado, se acercó a la cama y se dejó caer. Respiró hondo y al devolver el aire fue diciendo en un tono descendente:

—¡Han pasado años desde ayer!

Había atrapado un libro debajo, lo sacó y leyó el título: *Simbolismo religioso de los colores en la Edad Media.* Lo arrojó a un lado y dijo:

—Hace siglos se podían hacer ciertas cosas, pero hoy es imposible verlas sin protestar.

Ella no contestaba. El duque añadió:

—Matar como se mata hoy es una estupidez. Y hemos comenzado nosotros. La chusma está aprendiendo la lección. Si la aprende demasiado bien, ¿cómo vamos a extrañarnos?

La duquesa seguía sin hablar y él le preguntó:

—¿No tienes nada de comer?

Ella también tenía hambre, pero no había nada en el torreón. El duque fue a la despensa y a la bodega. Volvió con aceitunas, caviar y un enorme trozo de rosbif. Llevaba también una botella de champaña atemperada al fresco de la bodega. El duque abría la botella ahogando el taponazo y preguntaba por Rómulo. Ella le explicó lo sucedido. Contra lo que esperaba, el duque habló bien del jardinero. La duquesa se decía: "Hablará bien de todos. Tiene miedo a sus propios sentimientos. La sangre y los odios lo fatigan". Los dos callaban. Llenando un vaso el duque dijo:

—Háblame, querida. El silencio me pone nervioso.

—En estos momentos — dijo ella —, no debes tener en tu imaginación más que una idea fija: eludir el peligro y salvarte. Quizá si podemos aguantar unos meses...

El duque arqueaba las cejas:

—Unas semanas, digo yo — y temblaba el cristal entre sus dedos.

Bebía otro sorbo y añadía:

—Esteban dice unos días.

Ella se atrevió a bromear con la angustia de los tres:

—Yo creo que en los cálculos de cada cual intervienen las condiciones de seguridad en las que creemos estar.

El duque le quitó la idea de los labios:

—Lo he pensado también. Tú piensas que la victoria

tardará en llegar unos meses porque te crees en el caso de poder esperar unos meses escondida aquí. Yo, que sólo puedo aguantar unas semanas, espero la victoria más pronto. Y Esteban dice que unos días. Es un optimista. Yo en su caso diría unas horas.

El duque rió y aquella risa fue lo primero que le gustó a la duquesa en él. Encendió el duque otro cigarrillo, fumó más de la mitad en silencio y volvió a hablar lentamente arrojando el humo entre las palabras:

—Si hubiéramos ganado seríamos héroes de la patria, de la cristiandad, etcétera, etcétera. Felices los que han hecho lo mismo en Valladolid. Pero en Madrid no hemos ganado, y ¿qué somos? ¿Qué somos diez horas después?

—No bebas más — le dijo la duquesa.

—¿Por qué? ¿Crees que estoy borracho?

—Si has de salir de aquí antes del amanecer es mejor que no bebas mucho.

Ella tenía miedo al miedo de su marido. El duque se sentó en el diván con una repentina susceptibilidad. "No quiere que beba demasiado — pensaba — porque no podría salir de aquí y la perspectiva de que me quede le molesta."

—No te preocupes. Pienso marcharme en cuanto fume este cigarrillo.

Cuando él esperaba que la duquesa se pusiera tierna e hiciera protestas de amor le oyó decir:

—Harás bien. Y la próxima vez, si quieres quedarte aquí más tiempo, no vengas con Esteban.

—Es verdad — dijo él, convencido —. Siempre tienes razón en las cosas prácticas.

Se le acercó, la besó en el cuello y dijo:

—Somos reos. Su excelencia el reo de Alcanadre. Su excelencia el marqués de R. Reos a quienes va siguiendo el verdugo de esquina en esquina. Yo tengo a veces la impresión de verlo y hasta de oírle decir cada vez que me detengo y miro atrás: "Hola".

Le vibraban las aletas de la nariz:

—¿Qué perfume llevas?

—Ninguno.

Se acercó más el duque y le dijo confidencialmente:

—¿Sabes qué me ha dicho el cerdo de Esteban?

—¿Qué?

—Que si me quedo aquí demasiado se le pondrán los dientes largos.

La duquesa pensó: "El hermoso Satán va demasiado lejos en su desenvoltura con él". El duque la abrazó. La duquesa se ciñó también a él dulcemente, desde las rodillas a los hombros. Ella alzó la cabeza para besarlo, pero en aquel momento el duque miraba por encima del hombro de ella con un gesto distraído y contrariado la hora en el reloj pulsera y ella vio ese gesto en un espejo. Sintiéndolo completamente fuera de "situación" se desprendió un poco ofendida. Fue saliendo a la otra habitación y el marido la siguió. Ella se sentó en el diván. Había tomado al paso el libro que estaba en la cama y lo abrió al azar. La mirada cayó sobre unos renglones que hablaban de la "locura del color verde, que podía ser locura mística o carnal". El duque preguntaba:

—¿Te has ofendido por lo que dije de Esteban?

Ella negaba con la cabeza y se levantó:

—Es tarde.

No sabía en realidad la hora que era y lo decía con un acento tan neutro que el duque podía percibir, si lo quería, algo parecido a la complacencia. Ella se alegraba de que fuera tarde. El duque se dejó caer en su sillón:

—¿No sabes que esta visita puede ser la última? — dijo usando un argumento que hubiera querido evitar.

—Sí. Lo sé.

Los dos callaban otra vez. En el vacío interior del duque había algo como aves rapaces que volaban blandamente.

—¿Es que te he ofendido?

La duquesa negaba con la cabeza sin convicción y

sin querer convencerle a él. Como no hablaba, el duque
se encerró también en su silencio. Después se levantó y
dijo que quería tomar un baño. "El agua no saldrá limpia en toda la noche", dijo ella recordando que las tube-
rías de aquella parte del palacio no se habían usado hacía
tiempo. El duque insistía. "Es una estratagema — pensó
la duquesa — ya conocida. El duque tiene una confianza
un poco cómica en su cuerpo desnudo." Añadió: "Si
quieres esperar..." El duque callaba y cuando parecía
dispuesto a marcharse ella fue al baño y dijo desde la
puerta:

—Quizá puede arreglarse.

El agua caliente que salía sucia iba, sin embargo,
poco a poco bajando de color. Al ver que en cinco minutos estaría todo resuelto, el duque asoció la reciente
advertencia de la duquesa — "en toda la noche no saldrá
agua limpia" — con la anterior en relación con la hora
y volvió a encerrarse en su reserva. Ella quería echarlo.
La duquesa se irguió con una especie de digna lamenta-
ción y fue a su alcoba. Se quedó mirando un cuadro. Era
un grabado francés del siglo pasado que no podía con-
templar sin estremecerse. Representaba la salida de un
baile, y entre chisteras, gabanes de pieles, sonrisas y
prendidos de flores una macabra invitada (un esqueleto
vestido de mujer) se inclinaba con un escorzo coqueto en
su cintura y parecía estar oyendo por los agujeros de su
cráneo algún madrigal. La duquesa probó a descolgar
aquel cuadro, pero el marco era pesado y además estaba
colgado de un hilo de metal que subía hasta el friso.
Cuando el duque salió del baño con una toalla arrollada
a la cintura, ella se apresuró a pedirle que sacara aquel
cuadro de allí "antes de marcharse". El duque la miró
sin saber qué pensar, se acercó al cuadro y vio al pie de
la estampa una frase impresa en grandes caracteres: *Les
charmes de l'horreur n'enivrent que les forts*. Ella se dijo:
"Embriagan a los fuertes como Esteban". Trataba el duque de descolgarlo subido en una silla. La duquesa lo

miraba casi desnudo y repetía para sí: "Tiene como siempre una confianza infantil en su cuerpo". Pero si aquellas exhibiciones atléticas eran un elemento de facilitación, a la duquesa no se lo parecían nunca y en esa falta de acuerdo había un espacio que resultaba desairado. Ella explicaba, acostándose:

—Me irrita y asusta la idea de que ese esqueleto tiene un atractivo de juventud. ¿Cómo es posible?

El duque salía con el cuadro a la antesala y lo dejaba de espaldas apoyado en el muro. La duquesa suplicaba:

—No lo dejes ahí. Eso es peor.

Salió el duque con él por la sombría escalera y lo llevó al piso inferior del torreón, al piso cuarto. Poco después regresaba, pero la duquesa no estaba satisfecha:

—Tengo ahora frente a la cama el hueco de ese cuadro en el muro. ¿No podrías cubrirlo con algo?

El duque se impacientaba un poco pálido:

—Tú dirás.

—Pon ahí otro cuadro, pero no lo saques de la antesala. Tráelo de la biblioteca.

Él protestó:

—Me obligas a vestirme y a salir por ahí encendiendo luces y llamando la atención.

La duquesa lo vio acercarse al lecho, alzar la sábana. Era un enorme lecho de matrimonio, pero ella hizo un gesto de contrariedad.

—Si te molesto... — vaciló él.

—No, pero hace demasiado calor.

Fue a un armario y sacó una sábana nueva que se reservó para sí, dejándole la otra entera a él. Explicaba que con dos dos sábanas y evitando los contactos estarían bastantes frescos los dos, pero el duque la derribó y la venció por la fuerza. Ella había sido la esclava pasiva, sin participar del festín. El duque, con los nervios flojos, respiraba profunda y pausadamente. Tuvo un comentario entre deprimido y sarcástico:

—Espero que no me obligues a disculparme.

Ella callaba, por venganza. Pero estaba vencida moralmente también. El duque, viendo que no contestaba, comenzó a monologar. La duquesa veía que los espacios vacíos y helados de donde salían aquellas palabras iban poblándose poco a poco de formas vivas y de brisas calientes:

—No son muchos años treinta y dos, ¿eh? Te tengo aquí a mi lado y es todo lo que tengo (la duquesa se decía: "Necesita, como siempre, las confidencias después del amor"). He pasado todo el día bajo un sol abrasador al lado de un loco. (La duquesa preguntó: "¿Esteban?") Sí, al lado de un loco que pone en sus actos una disparatada congruencia. ¿Qué hacer con él? Aunque lo maten, yo creo que eso para él es una broma más. ¿Tú lo concibes? Tengo la impresión de que le gusta eso. No creas que hablo por hablar. Lo que voy a decirte no lo creerás, como no lo creería yo mismo si no lo hubiera visto. Hablaba Esteban con un obrero de una patrulla armada y le estaba hablando mal de sí mismo en tercera persona. Le hablaba de la necesidad de colgar al marqués de R. y decía que ese marqués era uno de los grandes culpables. ¿No es eso estúpido y loco? Afortunadamente el obrero ni conocía ese nombre ni creo que se le haya quedado en la memoria ligado a la cara idiota de Esteban, pero ¿tú lo concibes? Hacía esas cosas terriblemente tranquilo. (La duquesa pensaba: "Admira a Esteban. Le admira y quizá le tiene miedo".) A mí tampoco me importa morir... ¿tú comprendes? Un día u otro tiene que ser y se ven las cosas demasiado cerca para detenerse a pensar en ellas. No debe ser tan terrible. En definitiva, antes de morir uno vive todavía. Lo mismo que ahora. Y después de morir ¿qué más da?

Se incorporó, se sentó en la cama. Miró a su mujer, tratando de leer en su expresión. La vio tranquila y amistosa, diciendo: "No debemos hablar de esas cosas. ¿Para qué? En algún lugar la muerte está hablando de ti y de

mí — ella pensaba en la estampa francesa —. Dejémosla
que hable y que haga lo suyo cuándo y cómo y dónde
deba hacerlo. Es su asunto y no el nuestro". Y después
de una pausa le preguntó por qué no había cubierto el
hueco del cuadro que descolgó con otro del mismo ta-
maño. El duque, disgustado, se levantó con una pereza
impertinente y desapareció por la escalera del torreón.
Cuando volvió y colgó el cuadro nuevo ella le mostró
una gratitud infantil. La noche tomó un acento idílico en
el cual lo amenazador de las circunstancias no fue sino
un aliciente más. Se cambiaban perezosamente palabras
cuyo sonido andaba por esos reversos de la realidad por
donde anda el eco.

El amanecer llegaba lentamente. Antes de las primeras luces el duque se acordó repentinamente de Esteban.

—Nos hemos olvidado de que está esperando abajo.

—Que espere — dijo ella.

—No. Tú no sabes quién es él. Sería capaz de subir.

Hablando de Esteban se despidieron en la escalera.
El nombre del "diablo" fue de los labios de él a los de
ella con una misma simpatía. El duque, antes de marcharse, le recomendó que tratara afectuosamente a
Rómulo.

II

CON el fresco de la primera hora Rómulo tomó las tijeras de podar y fue recortando unos macizos de boj al lado de las antiguas cocheras. El ruido regular de las tijeras era como el sello de la normalidad en la calma del parque. Pero "los rojos" podían volver de un momento a otro. Si su curiosidad llegaba a ser peligrosa para la duquesa, estaba dispuesto a todo, pero no comprendía hasta qué punto dándolo todo por ella podía serle verdaderamente útil. La veía en la piscina, flotando entre las espumas suaves, recordaba sus pies carnosos y pequeños como dos frutos y se preguntaba: "¿Para qué quería mantenerse a flor de agua si no era para que la viera yo?" Advirtió a su mujer:

—Hazte la idea desde ahora de que la señora ha muerto lo mismo que su marido y si alguna vez te obligan a hablar de ellos más vale que digas algo en contra.

Ella protestaba:

—Estando el señor duque con un metro de tierra bendita encima ¿quieres que hable mal de él?

Rómulo necesitaba ir a ver a la duquesa, pero no se atrevía hasta que lo llamara o, por lo menos, hasta que, siendo avanzada la mañana, hubiera menos riesgo de hallarla acostada. Hacia las nueve llegaron otra vez los milicianos del día anterior acompañados de cuatro más que Rómulo no había visto y que, aunque tenían fusiles, no daban ninguna impresión militar ni bélica. Parecían ya

entrados en años. Llevaban una bandera republicana
para izarla sobre la casa. El jefe de la patrulla, que el
día anterior había requisado el palacio, dijo indicando
a los milicianos nuevos: "Estos compañeros montarán
aquí una guardia permanente".

Lo primero que querían hacer era instalar la bandera. Alguien habló de ponerla en la ventana del quinto
piso del torreón — donde estaba la duquesa —, pero
Rómulo dijo que era una ventana condenada, que no tenía acceso por el interior. Esta mentira fácilmente com-
probable — pensaba — le hacía culpable ante aquellos
hombres. Al mismo tiempo proponía que izaran la bandera encima de la portería, de modo que sobresaliera
gallardamente sobre la verja dominando la calle. La bandera quedó instalada allí, sobre la misma casa de Rómulo y comenzó a agitarse con la brisa. Los milicianos jóvenes — que no se quedaban en el palacio — sacaron
los otros coches del garaje y se los llevaron. De los milicianos viejos uno quedó de guardia en la puerta y los
otros fueron a la vivienda del chófer sobre el garaje. Vio
Rómulo con cierta extrañeza que no trataban de insta-
larse en las habitaciones del palacio. Cuando todo quedó
en orden, Rómulo fue cautelosamente a ver a la duquesa.

La encontró más tranquila aún. No la intrigaban la
bandera ni la instalación de la guardia, que había visto,
según dijo, desde una ventana entreabierta. Mirando alrededor, Rómulo vio de pronto sobre una mesa un cenicero lleno de puntas de cigarrillo. Ese cenicero no estaba allí la noche anterior. Y la duquesa no fumaba. El
palacio tenía escaleras secretas que conocía Rómulo y
por ellas había entrado un hombre. Se sentía un poco
engañado.

—Tenga cuidado la señora — advirtió —. Los milicianos tienen armas y desde hoy hay un centinela en la
puerta principal.

La duquesa afirmó mecánicamente. Iba y venía en-
treabriendo a veces una ventana por la que entraba en

la penumbra una lanzada de sol amarillo. Rómulo quería demostrar una secreta simpatía por "los rojos" desde que había visto el cenicero:

—Esos milicianos — dijo — parecen gente tratable.

La duquesa no lo oía. Rómulo añadió palabras que le parecían más provocativas:

—Dicen que el Gobierno está ganando la guerra en todas partes.

La duquesa preguntaba cuántos eran los milicianos de la guardia y qué impresión daban. Lo preguntaba como si se tratara de una guardia personal puesta allí para protegerla a ella, y Rómulo contestó, viendo la cabeza y los hombros de la duquesa sobre el fondo marino del cuadro como si flotara en las aguas:

—Son cuatro. Más o menos creo conocer ya a tres de ellos. Uno, al que llaman Ruiz, es un hombre demasiado hablador. Yo pienso que quizá no tiene familia y es un poco, con permiso de la señora, como los gitanos que andan por los caminos. Otro de los milicianos habla de fusilar a todos los enemigos de la república. Ése es más hablador aún que Ruiz y me hace la impresión de alguien que quiere darse realce con sus propias palabras. El tercero parece aburrido, apenas habla. Cuando le preguntan contesta cosas confusas sin decir que sí ni que no. Yo creo que ése es el peligroso, señora. Con ése habrá que tener cuidado. Al que está ahora de centinela no lo he podido ver de cerca todavía. Dicen que se llama Estradera.

La duquesa, oyéndolo, comprendía que Rómulo tenía cualidades de sagacidad que podían, en un momento dado, hacerlo muy útil.

—Bien — dijo la duquesa —. ¿Por qué no funciona el teléfono?

Rómulo dijo que lo había desconectado. La duquesa pareció alarmarse:

—¿Quién te lo ordenó? ¿No ves que me dejas incomunicada, aislada, verdaderamente presa?

Le dio cuenta Rómulo de que era eso precisamente lo que había querido hacer.

—Yo creo que desde la central pueden escuchar a la señora y dar aviso a la policía.

La duquesa se enojaba:

—Los peligros que se refieren a mí son cuestión mía y tú debes limitarte a obedecer.

Rómulo callaba, pero la miraba de frente. La duquesa decía:

—Quiero el teléfono ahora mismo.

—No es posible, señora.

Ella estaba irritada y a Rómulo le deslumbraba aquella ira contenida.

—Perdone la señora. Quiero decir que ahora mismo no es fácil. Tendré que esperar el momento para conectarlo otra vez sin que me vean los de la guardia.

Rómulo le rogó que tuviera siempre las ventanas cerradas y las cortinas corridas para que cuando llamaran no se oyeran los timbres desde el parque. Salió y llegó abajo un poco deprimido. Cuando vio al centinela paseando con el fusil al hombro sin marcialidad alguna comprendió que aquellos hombres no podían representar un verdadero peligro y que quizá la duquesa tenía razón. Fue al garaje. Los tres milicianos seguían inspeccionando la casa de los chóferes y bromeando con cada pequeño hallazgo. Trataban a Rómulo con una confianza completa. Rómulo tenía una habilidad campesina para hacer hablar a los otros y juzgar por lo que dicen lo que ocultan, pero no fueron necesarios sus ardides porque los milicianos estaban locuaces. Se dio cuenta el jardinero de que lo miraban como a un ser de otra clase, que no era precisamente superior ni inferior, sino diferente nada más y un poco humorística. El miliciano taciturno se dedicaba con la mayor atención a remendar un correaje militar y a veces alzaba la cabeza y hacía una pregunta:

—¿Vamos a veranear en este palacio?

López llamaba a ese miliciano Cartucho. La primera
vez que oyó Rómulo ese nombre comprobó que le iba
muy bien. Era flaco, pequeño, y la relación de su cabeza con el cuello y los hombros le recordaba, no sabía por
qué, a un cartucho de fusil. Ese miliciano levantó la cabeza y preguntó a Rómulo:

—¿Y tú en qué trabajas aquí? ¿Cuál era tu puesto
en casa de los duques?

—Jardinero.

—¿Ese era el puesto más bajo de la casa?

Rómulo sonrió:

—No sé. Me parecía mejor en todo caso que traba-
jar en la cocina o vestirme todos los días como los lacayos, de punta en blanco.

Oyéndole hablar, López lo localizaba por el acento:

—Tú eres de Córdoba.

—No de la capital, pero de la provincia.

Imitando el acento, López dijo:

—De un cortiho medianiyo, pasao Buhalance, dos
legüítas más acá de Cabra.

—¿Es usted también de allí? — preguntó Rómulo.

—No — intervino Ruiz —. Pero estos madrileños
son de todas partes y de ninguna.

Rómulo se marchaba para conectar de nuevo el teléfono cuando los milicianos dijeron que querían ver el
palacio por dentro. Los recelos de Rómulo se pusieron
alerta mientras iban todos hacia la puerta principal.

—¿Era joven y guapa la duquesa? — preguntaba
López.

Rómulo se limitó a sonreír.

—En tiempos — añadió el miliciano —, las duque-
sas se acostaban con los jardineros.

Rómulo se puso pálido con el desnudo de la señora
en la imaginación, y disimuló abriendo la puerta. Cartucho añadía:

—Gracias a los jardineros y a otros sirvientes se ha
conservado la raza de los duques bastante saludable.

Todos volvieron a reír. Rómulo parecía no escucharlos.

—Pasen.

Pensaba en la duquesa. Estaba inquieto, y no sólo por la curiosidad de los milicianos. Ella necesitaba el teléfono, para hablar quizá con la persona que fumó aquellos cigarrillos la noche pasada. Los dos objetos — el cenicero y el teléfono — tenían para Rómulo una misma significación y no podía ya pensar en la duquesa sin que se interpusieran en el recuerdo. Pero los milicianos le hablaban. Se dio cuenta de que lo tuteaban y en cambio él les hablaba de usted. Ruiz estaba absorto ante las riquezas de la casa. Los comentarios de cada uno eran diferentes. Ruiz repetía:

—Hay verdadera grandeza en todo esto, pero se debe a los artistas, pintores, escultores, arquitectos, que eran gente del pueblo.

López a todo quería ponerle precio:

—¿Cuánto valdrían estas pinturas si las sacaran al mercado?

Los tres estaban de acuerdo en no comprender cómo, poseyendo todo aquello, los duques querían más todavía y se sublevaban. El miliciano taciturno sonreía y a veces pasaba la mano por la tapicería del muro con voluptuosidad. Ruiz veía a Rómulo grave, un poco rígido, con el gesto suave y la expresión dura. Le dio un golpe en la espalda y le dijo: "¿Qué te pasa? Pareces pasmado. No creas que te vamos a robar nada de esto". López lo miraba también con humor: "Pareces un rey de baraja" — le dijo —. Los tres rieron. Recorrieron la casa entera, menos el torreón, cuya entrada por el ascensor estaba disimulada y las otras aparecían en los pisos primero y segundo cubiertas por tapices y en el tercero en un rincón oscuro que no inspiraba curiosidad. Así y todo, Cartucho quiso asomar la nariz, pero Rómulo se situó como por azar ante la puerta que daba acceso a la escalera, con la mano en el bolsillo y en ella la pistola. Luego, al ver que no seguían adelante, hizo un gran esfuerzo para mostrarse tranquilo, porque tenía miedo de que los ojillos sagaces del taciturno se hubieran dado cuenta. Fueron bajando. Rómulo no había conectado el teléfono todavía y se alegraba, porque era un riesgo menos en los incidentes posibles de aquella visita.

En cuanto los milicianos salieron, Rómulo les advirtió, anticipándose discretamente a su extrañeza, que cada día haría una inspección completa del palacio para prevenir posibles peligros de fuego y que, además, como era la casa tan grande, tenía el temor de que pudiera esconderse algún fugitivo entrando clandestinamente por la noche. "De eso — dijo sonriendo —, me harían ustedes responsables a mí y con razón." Ruiz le puso una mano en el hombro. Le gustaba repetir aquella prueba de familiaridad.

—Por nosotros, puedes dormir tranquilo. Tú eres un hombre del pueblo, uno de los nuestros.

Volvió Rómulo a su vivienda y después fue a conectar el teléfono. Estaba engañando a los milicianos y el compartir la clandestinidad de la duquesa le daba un placer casi físico. Se quedó con la impresión de que todo estaba en orden. Vio que las ventanas altas del torreón estaban cerradas y pensó con cierta ternura que la duquesa le había obedecido. Al volver a su casa fue recibido por la mujer, que le contaba la vida y milagros del centinela, la operación peligrosa que le habían hecho dos años antes y otros apasionados pormenores. Rómulo seguía pensando que la duquesa tenía su "vida secreta", y que aquella vida era inaccesible para él. Y añadía entre curioso y ofendido: "¿Quién será ese misterioso visitante?" Ya tarde — comenzaba a anochecer —, sonó el teléfono de la portería quedamente, porque Rómulo había ensordecido el timbre atándolo con un pañuelo. Era la duquesa que lo llamaba. Rómulo fue y la encontró igual que en la mañana, con la expresión de una felicidad habitual. En cuanto ella lo vio comenzó a darle órdenes:

—Trae uno de los frigidaires pequeños de la cocina. Seguramente lo puedes hacer sin que te vean. Los de la guardia están, según parece, al otro lado del parque.

Rómulo seguía mirando la ventana entreabierta y la duquesa añadió:

—Ciérrala, si quieres.

Cuando Rómulo lo hubo hecho, ella encendió la luz. Rómulo salió a cumplir la orden de la duquesa y se dirigió a las cocinas. Para transportar el frigidaire tuvo que hacerlo rodar sobre dos cilindros de hierro. Consiguió meterlo en el ascensor. Ya en el quinto piso del torreón, se secaba el sudor, diciéndose a sí mismo: "Voy a hablarle a la señora del cenicero". Pero ella se acercaba e indicándole las llaves que llevaba prendidas del cinturón le daba nuevas órdenes:

—Ésa es la llave de la bodega. Ve allí y trae unas botellas de champaña. Hay una cesta de metal donde caben seis.

Rómulo se decía: "En la noche tienen sus orgías a pesar de haber muerto el duque". Fue a la bodega con su paso lento y calmo. Rómulo, como buen campesino, andaba siempre sin prisa y sin pausa. Nunca su estado interior, su alegría ni su tristeza, influían en los movimientos de su cuerpo, que eran de una reposada dignidad. Descendió una rampa. Luego unas escaleras de cemento. La bóveda era como una cripta de monasterio con columnas románicas. Estanterías de hierro entre columna y columna contenían millares de botellas acostadas y metidas en sus fundas de paja. Encontró las luces encendidas y esto le extrañó. Buscando la cesta de metal creyó oír un rumor al otro extremo de la bodega. Escuchó, conteniendo la respiración. "Deben ser las ratas", se dijo. Pero le quedaba una duda y fue a ver. En un rincón encontró a *Elena*. Al principio creyó que era un animal, porque sólo vio su cabeza peluda agitándose a ras del suelo, pero luego vio su pistola, debajo de la cabeza, apuntándole. El enano suplicaba y amenazaba a la vez:

—No me eche. Si me echa no respondo de mí.

Se guardaba la pistola y seguía hablando: "Los rojos matan gente y yo me he escondido aquí. No me eche". Rómulo lo miraba sin contestar. Le preocupaba que hubiera entrado allí clandestinamente, sin enterarse él, a pesar de tener a su cargo las entradas del palacio. *Elena* parecía turbado y su arrogancia era vacilante y con intermitencias:

—No me eche. Estoy aquí al servicio de sus excelencias. Suponiendo que usted sea un "rojo", cosa que yo no puedo esperar de un hombre como usted...

Rómulo preguntó:

—¿Desde cuándo está aquí?

—Desde hace ocho horas.

—¿Por dónde ha entrado?

—Por la puerta de servicio de la calle de Santa Genoveva.

—Esa puerta estaba cerrada con llave. ¿Rompió la cerradura?

Elena volvía a poner la mano en la culata de la pistola y evitaba contestar.

—Los "rojos" me buscan — dijo al fin, disculpándose.

—¿A usted?

—Sí. Saben que iba pintando svásticas en las puertas ·de las casas donde viven los republicanos.

Rómulo tenía ganas de reír:

—No creo que por eso lo maten a usted. Le darán una paliza, todo lo más.

Elena se puso pálido de indignación. Rómulo se daba cuenta de que en aquel pequeño cuerpo podían caber la indignación y la rabia de un gigante. El enano decía:

—¿Usted cree que yo soy un hombre a quien se puede apalear impunemente?

Rómulo ponía seis botellas en una cesta y se disponía a salir.

—¿Me puedo quedar aquí? — preguntaba *Elena*.

—No lo sé todavía.

El enano, al ver las botellas de champaña y oír estas palabras, pensó que los duques debían estar en el palacio. Rómulo les llevaba aquellas botellas—que sólo para ellos podían ser — y quizás iba a pedirles órdenes en relación con él. Pero Rómulo volvía a preguntar:

—¿Rompió usted la cerradura?

El enano retrocedió y su cara se contrajo. Enseñaba los dientes como un perro.

—Sí, ¿y qué?

Rómulo lo miraba sin entender sus reacciones.

—Nada — dijo.

Después comprobó que la bodega no tenía claraboyas directas al exterior y que la luz no podía verse desde fuera. Más tranquilo, mostró al enano un retrete y una llave de agua que había fuera, en un pasillo oscuro, y le dijo que no saliera de allí y que encendiera las luces lo menos posible. *Elena* le dijo de pronto:

—Más valdrá que no les diga nada a sus excelencias.

—¿Por qué?

—Yo estoy a su servicio y se diría que arriesgo la vida por ellos. Pero no estoy seguro de que ellos lo comprendan.

—¿Ha hablado usted alguna vez con los señores?

—No, eso no. Nunca. Sólo los he visto desde lejos.

Después de una pausa añadió:

—Déjeme estar aquí hasta que entren los nuestros en Madrid. ¿Qué necesidad hay de que lo sepan los señores duques? Vamos a dejarlo en una cuestión entre usted y yo.

Rómulo se le acercó, y *Elena* retrocedió con la misma expresión de alarma. Rómulo pensaba: "Si avanzo un paso más, volverá a enseñarme los dientes". Alargó la mano y propuso:

—Usted me da la pistola y yo le prometo no decir nada a nadie.

Elena le dio la pistola. En cuanto se quedó sin armas el enano pareció cambiar de color. Su piel era gris verdosa. Sacó medio cigarro puro, lo encendió y dijo después:

—Mi vida queda en sus manos.

Rómulo le advirtió:

—Este pasillo donde está el lavabo va a dar a las despensas. Las puertas están cerradas como estaba la puerta de servicio de la calle de Santa Genoveva. Si rompe usted esa cerradura...

—No se preocupe usted.

Recordó de paso el enano que un *jockey* es más en la servidumbre de una casa que un jardinero y que él era primo segundo del *jockey* Froilán. Rómulo se guardó la pistola de *Elena* y le dijo:

—¿A usted le llaman *Elena*...?

—Los "rojos". Los "rojos" del barrio. Pero sus puertas están marcadas y les llegará a todos su San Martín.

Rómulo le dijo que de vez en cuando le llevaría algo de comer y se fue. Llevó el champaña a la duquesa. Iba a hablarle del enano, pero el tema le parecía indigno de ella. "Aunque — pensaba —, si no se lo digo tendré que echar a *Elena* de la casa, porque no puedo tener aquí a nadie sin su permiso."

Hubo que llevar también fiambres, latas de conservas, otras botellas de licores y vinos de mesa. Al final estaba Rómulo tan fatigado y tan abrumado que no se atrevía a afrontar el misterio del cenicero. Acababa ella de poner las botellas en el frigidaire y miró a Rómulo:

—Si te necesito, te llamaré.

Rómulo salió, sin atreverse a formar juicio de lo que veía. La duquesa, viuda de dos días, recibiendo a alguien por la noche. Recordaba la mirada de altiva confianza con que ella le dijo: "Si te necesito, te llamaré". Aquella mirada parecía llegarle de una superficie cambiante de agua. Y había en ella como los restos de la luz viva del día que se extinguía sobre los tejados de la calle de Segovia. Dejaba a la duquesa, desnuda — pensaba él —, esperando la noche.

La duquesa, entretanto, escribía en su diario: "El duque va a venir otra vez. Con sus ojos muertos y sus manos vivas. Parece que el peligro le produce sólo una especie de indiferencia y alejamiento de sí mismo.

"La melancolía animal de Rómulo me hace pensar. Lleva clavada en la imaginación la escena de la sala de armas. Si no me guarda rencor es porque está deslumbrado. Sigue sin comprender que yo lo haya tratado como a un animal doméstico. Eso le ha dejado en la más completa confusión y me mira como a un ser irreal, como a una divinidad. Parece que el desdén, cuando alcanza ciertas proporciones, es un atributo realmente divino.

"Ayer estuve a punto de decirle al duque lo que me sucedió en la piscina, pero me detuve a tiempo, dándome cuenta de que ni el duque ni ningún hombre lo comprendería nunca."

Rómulo se sentó en el umbral de su vivienda. Detrás del torreón había luna y una sombra alargada y densa llegaba sobre aquella parte del parque y cubría su casa, los árboles de al lado, la bandera republicana. Por contraste, el resto del parque parecía un bajorrelieve de estaño. Se dirigió, tomando ciertas precauciones, a los antiguos hornos de la calefacción. Se quedó allí más de una hora, tratando de darse cuenta de los ángulos desde donde la chimenea del horno podía ser vista, aunque durante el día no salía por ella — estando ya completamente encendido el carbón — ni una vedija de humo. Entre aquel lugar y la casa del chófer se elevaba una pequeña alameda y los más altos y densos macizos de boj cuidadosamente recortados. Para el caso de que así y todo llegaran a descubrir los hornos encendidos había ideado una explicación. Diría que los había encendido con objeto de limpiar las cañerías de agua y que lo hacía una vez por mes. Quizás alguno de los milicianos querría ver adónde iban los tubos de aquel agua caliente. En ese caso, Rómulo había pensado decir que surtían la parte baja del torreón (allí había varias llaves de agua) y como esa planta no tenía por el momento acceso visible y podía suceder que Cartucho quisiera comprobarlo, Rómulo fue allí, retiró el repostero que cubría la entrada y dejó ésta descubierta y visible. Sería peligroso que encontraran un lugar deliberadamente escondido, lo que podría despertarles nuevas curiosidades.

Según había oído decir, allí estaban las habitaciones donde murió la duquesa. Al ver que continuaban como si alguien las habitara aún, Rómulo entró despacio, con recelo. Encendió la luz. La cama estaba deshecha y las sábanas dobladas a los pies. Había ropas de mujer en dos sillones contiguos y una cuna de niño a un lado. Rómulo puso sus manos sobre una consola y las retiró con las palmas llenas de polvo. Se percibía un extraño olor de lugar cerrado y la luz se le antojaba a Rómulo una luz "de capilla, de iglesia".

Si hubiera sabido que aquellas habitaciones estaban intactas desde que la duquesa madre murió — en 1905 —, no se habría extrañado tanto, pero aún sin saberlo tuvo la impresión de algo fúnebre y sombrío. Rómulo miraba los juegos de la sombra en las viejas cortinas color verde botella y se decía: "Parece como si aquí siguiera viviendo alguien".

Iba a retirarse, pero se sentó en un sillón porque la idea de haber penetrado en uno de los secretos más íntimos de la historia de sus señores le impresionaba. A medida que se abandonaba sobre el sillón, éste iba crujiendo de un modo tan excesivo en relación con lo que razonablemente podía esperar, que se levantó otra vez. Y decidido a marcharse se asomó, sin embargo, a un espejo. El cuarto, tal como se reflejaba allí, parecía más extraño aún Hubiera dicho Rómulo que eran lugares diferentes los que había fuera del espejo y dentro de él.

Las luces veladas de la alcoba parecían mucho más vivas en la proyección y los dibujos de la tapicería del fondo, unidos al reflejo discreto de los vidrios tallados de una lámpara, parecían delinear la imagen de una persona suspendida en el aire. Rómulo salió de espaldas, sin dejar de abarcar con su mirada toda la escena y cuando estuvo fuera se sentó en un diván, fatigado. Su sensibilidad de campesino andaluz encendía en el recuerdo luces de leyenda de los tiempos de la aldea. Con la impresión de que aquél era un lugar sagrado, volvió a cubrir su entrada colgando sobre la puerta el repostero y una gran panoplia.

El vestíbulo estaba en una discreta penumbra y Rómulo, dejando el acceso a aquellas habitaciones cubierto — tal como lo había encontrado — salió al patio general de la casa y después al parque. Se dirigió a la portería, pero en lugar de acostarse se sentó cerca del teléfono y estuvo un rato esperando. Su mujer estaba despierta. Rómulo le preguntó si sabía por qué estaban cerradas las habitaciones bajas del torreón — no quiso decirle que las había abierto, para evitarse sus lamentaciones — y ella comenzó a explicarle que después de su muerte, la duquesa madre se le había aparecido al anciano duque e incluso a algunos criados. Balbina, a quien el tema apasionaba, recordaba las habladurías oídas en dieciséis años a las doncellas y lacayos y repetía que una noche oyeron ruido de muebles arrastrados, otra se escucharon voces y, poniendo atención, alguien oyó distintamente las palabras "tengo sed". Parece que la doncella que acostumbraba a cuidar aquellas habitaciones salió al parque, miró por una de las ventanas desde fuera y vio una llama azul, delgada y alta, de la altura de un ser humano, en el centro de la alcoba. Era una llama muy rara. En unos sitios el color azul era más claro que en otros y parecía temblar. Rómulo escuchaba sin hacer mucho caso. Por el hecho de decirlo Balbina le parecía menos verosímil. Pero Rómulo recordaba por su cuenta que ha-

bía leído en un libro, años atrás, un cuento (debía tener
todavía el libro en casa) cuya memoria se le había re-
frescado en cuanto entró en las habitaciones de la duquesa madre. Aunque en el libro se decía que era un
cuento, el prestigio de la letra impresa le daba toda la
fuerza de un hecho verdadero, porque Rómulo, al revés
de lo que sucede con la mayor parte de las personas,
creía que las cosas narradas en tipos de imprenta tenían
forzosamente que haber sucedido. En aquel libro se hablaba de unas habitaciones como aquéllas después de la
muerte reciente de una dama. El marido de la difunta
entró un día a buscar algo y al entrar tuvo la misma impresión que Rómulo. Parecía que aquel lugar estaba ha-
bitado. Hubo un momento en que estaba seguro de que
por la puerta del cuarto contiguo iba a entrar alguien.
Y en el justo momento en que lo esperaba vio aparecer
a su mujer. Vestía una camisa blanca de dormir y llevaba el cabello — color cáñamo — suelto por los hombros
y la espalda. Pasó junto al marido sin mirarlo y fue a
sentarse frente al espejo. Una vez allí tomó un peine
y alargó la mano, ofreciéndoselo. Y el marido tomó el
peine. La esposa dijo:

—Me duele el cabello y nadie viene a peinarme.

El marido comenzó a peinarla y sintió cada hebra de
su gran cabellera en los dedos, fría y separada de las
otras. La esposa se lamentaba con suspiros y gemidos
entrecortados. El marido ponía el peine un poco más
arriba de la frente y lo pasaba por la cabellera despacio.
Lo hizo tres, cinco, ocho veces, sin sentir el cabello la
menor resistencia. Por fin ella se levantó y volvió a marcharse por la misma puerta, al parecer aliviada aunque
sin hablar. El marido, cuando se vio solo, salió de espaldas y no quiso nunca volver a vivir en aquella casa ni en
aquella ciudad.

Rómulo se acostó. Veía en el cuadro luminoso de la
ventana la sombra del olmo insignia — lo llamaban así
nadie sabía por qué y era una broma que llegaba de los

abuelos de los duques —. Aquella sombra iba encogién-
dose a medida que la luna subía en el cielo. Los milicianos pasaron por allí dos veces, para relevar al centinela
de la puerta.

Rómulo se durmió y despertó tarde. Su mujer iba y
venía dedicada a las faenas de la mañana. La señora no
había llamado y Rómulo, después de advertir a su mujer que iba a los hornos y que si llamaba la duquesa ella
debía salir a la puerta y sentarse con un trapo blanco en
la falda como si estuviera cosiendo, se marchó. Dentro
del primer recinto de los lavaderos—un corral pavimen-
tado con grandes losas de piedra — había un cerezo. Era
un árbol poco frondoso pero bastante alto. Tenía en la
copa dos o tres docenas de cerezas. Rómulo se había
sentado en un banco de piedra adosado al muro y lo
contemplaba en silencio. Era un placer ver a los pájaros
yendo y viniendo y a veces picando las cerezas más ma-
duras. Los gorriones habían sido siempre sus amigos y
creía conocer a muchos de los que vivían en el parque.
Rómulo los veía perseguirse, saltando de una rama a
otra. Parecían más alegres bajo las esferitas rojas de las
cerezas. Cuando Rómulo se levantaba para pasar al cer-
cado contiguo, donde estaban los hornos, cayó una cere-
za a sus pies. Rómulo la cogió y miró a los pájaros, convencido de que la habían cortado y arrojado para él.

Comprobó que en los hornos había fuego suficiente
hasta las diez de la noche. Salió al patizuelo de los lavaderos y antes de marcharse volvió a sentarse un momento. En aquel recinto cerrado, con el cielo color violeta,
las losas mal ajustadas entre las cuales crecía la hierba
amarilla, seguía sintiéndose lejos de todo. Aquella calma
del patizuelo se ensombreció de pronto con la preocupa-
ción de que la duquesa lo hubiera llamado estando él
fuera de la portería. Salió y se acercó al extremo de un
macizo desde donde se veía la puerta de su casa. Balbina
no había salido. Rómulo volvió a los lavaderos y se sentó
otra vez en el banco de piedra. Después se apoyó de

costado y finalmente se acostó boca arriba con las manos
cruzadas bajo la cabeza. Viendo el cielo en lo alto y sintiendo alrededor aquella calma de "un lugar no conocido
por los milicianos" que le recordaba a él otros parecidos
de su infancia, volvía a sentirse en el centro de sí mismo. Una reflexión volvió a abrirse camino en aquella
calma:

"¿Habrá venido la última noche el amigo de la duquesa?"

No se atrevía a decir el amante, pero su experiencia
de hombre maduro le decía que a la edad de la duquesa
las visitas nocturnas de un hombre que no fuera su hermano ni su padre eran visitas de amor. Rómulo siguió
dando vueltas a esta idea — insistiendo en imaginar físi-
camente al galán clandestino, sin conseguirlo —, mientras contemplaba el cielo. Le gustaba esperar allí para
hacer más probable el hecho de que, cuando saliera, la
duquesa lo hubiera llamado. Rómulo, mirando al cielo,
parecía sentir en el azul — que se hacía violeta a fuerza
de mirarlo — algo líquido como un estanque y en él alusiones al desnudo femenino como le había sucedido ante
la marina colgada del muro. El desnudo de la mujer se le
aparecía a Rómulo en el recuerdo de la duquesa como
algo de una gran pureza. Y trataba de comprender las
palabras de la duquesa en la piscina. Era necesario ver
despacio si la duquesa había realmente dicho lo que él
había creído oír. Rómulo recordaba que cuando la duquesa habló había en la sala rumor de agua removida y
vagos ecos en los altos ángulos. Rómulo pudo haber
entendido mal. La duquesa pudo decir otras palabras.
Pero, además, sin necesidad de confusión alguna, la duquesa pudo decir: "¿Rómulo un nombre?" y reír. Porque aquel nombre — Rómulo — en las costumbres es-
pañolas no era frecuente, y la duquesa podía reírse de
aquel nombre sin la menor falta de estimación para
quien lo llevaba. "¿Rómulo un nombre?" Aquel hallazgo le parecía a Rómulo resolver en un instante las an-

gustias de tres días. Más animoso, casi feliz, silbó suavemente a los pájaros. Uno de ellos le contestó. Rómulo recordaba que en las grandes casas de la provincia de Córdoba, donde servía su padre, había siempre lugares como aquél y en ellos escapaba a la atención de los mayores, escondiéndose con algún secreto, lo mismo que ahora.

Rómulo seguía con la alegría del descubrimiento — "¿Rómulo un nombre?" — y sintiendo ya el aire fresco de la caída de la tarde y no pudiendo esperar más se levantó y salió. La duquesa no lo había llamado ni lo llamó aquel día. Rómulo se acostó muy tarde, fatigado de esperar, y tardó mucho en conciliar el sueño. Veía las manos de la duquesa agitándose casi imperceptiblemente en el agua al final de sus brazos abiertos, para mantenerse a flote. Pensaba también en los lavaderos, el horno, la marina del muro, y los recuerdos se fundían y se convertían en una sola tortura. Se dijo entre dientes: "Ella está arriba y con ella el amante. El amante la pone a ella en peligro. Ese peligro me alcanza también a mí, claro está, pero esto no tiene importancia". Como no podía dormir, acabó por levantarse y salir al parque. Sintiéndose casi ofendido por el hecho de que la duquesa no lo llamara, no sabía qué hacer. Su descubrimiento en relación con la frase de la duquesa—"¿Rómulo un nombre?" — lo llenaba, sin embargo, de júbilo y se fue a los sótanos, a la sala de armas, a la piscina. Ésta conservaba el agua desde la última vez que nadó la duquesa.

Rómulo avanzó en las sombras hasta el mismo lugar donde había estado el día del incidente y dijo en voz alta:

—¿Rómulo un hombre?

Luego, en el mismo tono, añadió:

—¿Rómulo un nombre?

Y comprobó que sonaban las dos frases exactamente igual. Las repitió situándose en otros ángulos de la sala. A veces había eco y cuando lo había la confusión le parecía mayor. Estaba completamente seguro de que lo que había dicho la duquesa era "un nombre" y no "un hombre". Y aquello le recordaba que a veces le decían los sirvientes — el mayordomo mismo se lo dijo una vez, extrañado —: "¿Quién te ha puesto a ti ese nombre?"

No se le ocurría pensar que la interpretación no justificaba moralmente que ella se exhibiera desnuda delante de él. Pero esto último le parecía a Rómulo un milagro que no necesitaba explicación. Le había sucedido a él porque él tenía derecho a que le sucediera.

Tomó un florete del armero e hizo lo mismo que había visto hacer a López el día que llegaron los milicianos. Le dio una estocada al maniquí. El florete no tenía botón en la punta y se clavó en el peto de algodón del muñeco. Lo sacó y volvió a clavarlo. Fue una estocada tan enérgica que la punta del florete asomó por la espalda del maniquí. Lo dejó así y salió despacio. Se había habituado ya a la oscuridad y miraba el agua de la piscina quieta como un espejo. "Una noche — se dijo — vendré yo a bañarme aquí."

Percibió claridades lechosas en la alta ventana. Fuera, en el parque, había luna. Rómulo no acusaba a la duquesa por el hecho de recibir a un hombre en la noche. Acusaba al intruso, al amante. Ella no podía ser culpable. Pero ella no lo llamaba, no necesitaba de él. Volvió a su casa deprimido y se acostó.

Los días siguientes fueron aún más difíciles. Al ver que la duquesa seguía sin llamarle, Rómulo fue cayendo en una melancolía arisca. Era más irritable con su mujer. Las largas noches sin dormir, en medio de las sombras de la ciudad, que había sido visitada por la aviación enemiga tres o cuatro veces, hacían más árido para Rómulo el insomnio. La oscuridad en la calle, en el parque, era completa. En los pisos altos de las casas próximas —por el costado del parque donde estaba la puerta principal — se veían a veces ventanas iluminadas, pero en cuanto sonaban las sirenas se apagaban también. Y durante el día, Rómulo tenía que volver a mostrarse tranquilo y amistoso con la compañía de aquellos cuatro milicianos que se dedicaban a hablar de jefes militares que Rómulo no conocía, de episodios de guerra que a él no le decían nada o de teorías políticas que no alcanzaba a comprender.

"Hoy subiré a ver a la señora", se decía cada mañana, pero no se atrevía.

Las visitas a los hornos siguió haciéndolas sin novedad. A veces se detenía en los lavaderos, pero aquella soledad — y aquel secreto que para nada le servía — se le hacían angustiosos. El cerezo había perdido ya todas sus frutas y algunas ramitas conservaban en el remate el hueso mondado por el pico voraz de los pájaros. Balbina estaba también preocupada por la duquesa, pero de un modo diferente. Creía que podía estar enferma y sin fuerzas siquiera para llamar por teléfono.

Pero Rómulo recordaba sus palabras: "Si te necesito te llamaré". Lo que quería decir que no debía ir sin ser llamado.

Rómulo, cuando ya llevaba dos semanas — catorce días silenciosos — sin verla, decidió subir, y lo hizo poco después del mediodía. Mientras franqueaba las escaleras del torreón — desde la entrada del tercer piso —, comenzaba a sentirse en delito sin saber por qué. La posibilidad de que la duquesa le reprochara su desobediencia le daba, sin embargo, una escondida satisfacción. Ya en el descansillo final llamó a la puerta, pero no contestaron. Empujó y entró. En la antesala no había nadie. Un poco alarmado llamó:

—Señora...

La duquesa salió con los ojos extraviados del que despierta. Rómulo pensó: "Duerme de día". Y añadía: "Si duerme de día es que no duerme de noche". Rómulo la vio sosegada, con aquella placidez que denotaba una saciedad feliz de sí misma y de todo lo que la rodeaba.

—Has hecho bien en venir — dijo ella —, porque pensaba llamarte hoy mismo.

Se acercó a una mesa y miró un papel donde había anotado algo. Acabó por tomarlo y dárselo a Rómulo:

—Tienes que traer todo esto.

Rómulo, con el papel en la mano, vio otra vez el cenicero lleno de puntas de cigarrillo y sobre ellas una pipa apagada. Sintió la impresión de una ofensa personal. La duquesa quería también libros y Rómulo dijo que iría a la biblioteca y le llevaría algunas docenas, pero la duquesa sólo quería uno y anotó en un papel las indicaciones necesarias para encontrarlo. Rómulo le dijo de pronto sombríamente:

—La señora debe tener más cuidado.

—¿Qué dices? — preguntó ella sorprendida.

Rómulo hizo un gran esfuerzo para no ponerse colorado y ese esfuerzo le hizo palidecer:

—Que yo daré con gusto la vida por la señora si llega el caso, pero a condición de salvar a la señora.

Ella lo miró de arriba abajo más sorprendida aún. De pronto le dijo:

—Anda a cumplir mis encargos.

Rómulo salió satisfecho de sí mismo. Pensó ir directamente a la biblioteca, pero considerando aquella la única diligencia difícil la dejó para el final.

En la bodega encontró a *Elena*. Se había quitado la ropa y no conservaba más que un pantalón harapiento. De los víveres que Rómulo sacó de la despensa le dio algunos trozos de jamón y una caja de galletas. *Elena* le dijo:

—Habrá visto que las cerraduras estaban intactas. Se lo digo porque si falta algo de las despensas quiero que sepa que yo no he sido.

Rómulo se extrañaba:

—Yo no he dicho que falte nada.

—Si falta algo debe saber que en estas bodegas hay otros seres vivos.

—¿Quién?

—Ratas.

Rómulo dijo:

—Ah, ratas.

Añadió que podía llevar un gato, pero *Elena* se irguió en sus cortas patas:

—Afortunadamente las ratas no son muchas, pero no hay en Madrid un gato capaz de hacer frente a una sola de ellas.

—¿Tan grandes son?

Elena volvió a henchir el pecho — un pecho que parecía comenzar en las rodillas — y dijo:

—Hay dos casi tan grandes como yo.

Rómulo lo miraba sin comprender que pudiera hablar de aquello con orgullo. *Elena* añadía, subiéndose los pantalones:

—Vienen a buscar los víveres de sus excelencias.

Rómulo se marchaba y le oía aun murmurar entre dientes. Puso atención y oyó palabras. Creyó entender:

—Afortunadamente estoy yo aquí y tendrán que vérselas conmigo.

Cuando los víveres y las botellas estuvieron en las habitaciones de la duquesa, Rómulo vio que el cenicero estaba ya limpio. "Después de lo que le he dicho, se ha dado cuenta de que ese detalle la denunciaba." La duquesa le recordó que no le había llevado el libro y Rómulo fue a la biblioteca. Cuando llegó, vio que la luz a través de los altos ventanales, cubiertos de celosías, era, como en la alcoba de la duquesa madre, una "luz de iglesia". La bóveda, muy alta, tenía pinturas al fresco. Una Fama con una larga trompeta y varias mujeres desnudas flotaban en un cielo azul y parecían desprenderse del techo y volar. Aquella confusión armónica de carne rosada y fondo azul renovaba la escena de la piscina. Rómulo salió de su abstracción buscando en el papel las indicaciones de la duquesa. Miles y miles de libros se alineaban en todas direcciones delante, detrás, a los lados, y Rómulo se sentía perdido pensando que jamás sabría encontrar el que buscaba. Daba vueltas sobre sí mismo y cuanto más miraba en todas direcciones menos veía. Se puso a leer otra vez las indicaciones de la duquesa. ¡Ah!, primero había que buscar el nombre del autor y el título en los ficheros que había en un mueble, entrando, a la izquierda. Pasó algún tiempo sin encontrar el fichero y cuando por fin lo halló las luces del día se iban y encendió la luz eléctrica. Después buscó la estantería, la encontró y sacó el libro, que tenía el número 72. Abrió la tapa y vio que el título y el autor coincidían con los de la nota de la duquesa. Pero el libro estaba rozado, las cubiertas sin lustre, los cantos carcomidos. Las páginas interiores eran de un papel basto y diríase sucio. No estaba Rómulo satisfecho y pensando llevarle, además, otro libro de mejor aspecto, buscó por las cercanías y tomó el que le pareció más lujoso. Era pequeño, estaba encuadernado en piel blanca, tenía letras de plata en la cubierta y el autor, según se decía allí, era marqués. Todo aquello le pareció muy adecuado y se disponía a salir cuando vio sobre una mesa una fotografía en marco de cristal labrado. Era una foto reciente de la duquesa. Rómulo se detuvo a contemplarla, y sólo cuando oyó la hora en un reloj de pared — las diez — se dio cuenta de que debía volver al torreón. Como el retrato con el marco no cabía en su bolsillo lo retuvo en las manos con los libros. Al salir y en el momento en que iba a pagar las luces oyó pasos fuera y, sin tiempo para pensar en quién podría ser, apareció la duquesa.

—¿No encuentras el libro?

Se acercó a Rómulo y tomó en sus manos todo aquello, incluso el retrato. Al verlo, la duquesa miró a Rómulo — fue una mirada rápida como un relámpago y, como él, de una luminosidad inquietante — y volvió a dejar la fotografía en la mesa. La duquesa no hablaba de aquello, pero con los dos libros en la mano — el del marqués encima — preguntaba:

—¿Por qué tomaste este otro?

—No sé. Me pareció más curioso y más limpio.

Era un libro del marqués de Sade. La duquesa contenía una sonrisa en el ángulo izquierdo de su boca:

—¿No lo has abierto?

—No, señora.

Aquella edición tenía grabados licenciosos. El marido de la duquesa la estimaba mucho. La duquesa miró su propio retrato otra vez, lo tomó consigo y dijo:

—Sal al pasillo delante de mí. Si sospechas que puede haber alguien, tose dos veces. Si hay vía libre, una.

Rómulo sacó el arma, la montó y se la guardó en el bolsillo de la chaqueta. Todo aquello, hecho mecánicamente, dio a la duquesa una sensación de verdadero peligro.

Antes de llegar a la escalera del torreón, la duquesa lo despidió diciendo una vez más:

—Creo que será mejor que no vengas a mis habitaciones sino cuando te llame.

Rómulo pensó: "Tiene miedo a que la sorprenda con el otro". Salió al parque. Al verlo, el centinela — que era López — le dijo: "¿Qué cuenta el duque?" Rómulo contestó con un gruñido. No le gustaba aquella broma.

Transcurrieron algunos días más sin que la duquesa lo llamara. Una mañana, recordando las palabras de la duquesa en la biblioteca refiriéndose al libro del marqués de Sade — "¿Lo has abierto? ¿Lo miraste por dentro?" —, pensó que al lado de aquel libro había visto en la misma estantería otros tres exactamente iguales, con el mismo nombre del marqués en el lomo. A fuerza de pensar en aquello no pudo contener su curiosidad y volvió a la biblioteca.

Cerca del lugar donde antes estaba el retrato de la duquesa había un pisapapel de plata. Era una figura de mujer desnuda. Las graciosas curvas brillaban discretamente bajo la luz. Acarició aquella pequeña escultura con la mano y el contacto fue demasiado frío. La retuvo convulsivamente hasta que el metal se atemperó al calor de su mano campesina. Después continuó en dirección a las estanterías sin soltar la figurita de plata y tomó los tres libros que tenían un aspecto idéntico al de la duquesa. Sobre la encuadernación de piel blanca se leía: *Marqués de Sade, I. — Marqués de Sade, III. — Marqués de Sade, IV*. Se sentó y abrió al azar. Encontró un dibujo sorprendente. Un hombre y una mujer acoplados. El artista no había vacilado, en ése y en otros grabados, ante las mayores crudezas. Rómulo se sentía escandalizado y confuso. Tenía la costumbre de identificar los libros con el respeto a la moral y a la virtud religiosa. Ver de pronto aquellos dibujos lo desconcertaba. La intimidad amorosa era para Rómulo, antes que nada, secreto, clandestinidad. Viendo aquello (impreso y publicado y, por lo tanto, al alcance de todo el mundo) no sabía qué pensar. En otro de los libros las figuras aparecían a veces vestidas. Un hombre sofaldaba a su amante, que esperaba en actitud indolente. Rómulo se sentía de lleno en el escándalo. Pero ya en él había que salir con una opinión. ¿Qué pensar de aquello? Rómulo quería leer aquellos libros, pero le salía al encuentro la idea de no poder entrar en el mundo secreto de los duques. Dejó los libros donde estaban y salió pensando: "Ninguna mujer del mundo se atrevería a recibir un libro como aquél de manos de nadie que no fuera su amante o su marido. Y menos aún se atrevería a reír en el momento de recibirlo. La duquesa había sonreído. ¿No era una sonrisa de una inmensa confianza? ¿O quizá la duquesa se había conducido con él otra vez como si no fueran necesarios el pudor ni el recato?" Y volviendo a interpretarlo todo de un modo deprimente, Rómulo se decía: "Es natural. ¿Qué puedo esperar después de aquella mañana en la sala de armas?" Porque ya no creía que ella hubiera dicho "un nombre" sino "un hombre".

Salió al parque con las estampas del marqués de Sade en su imaginación. El desnudo de la duquesa en la piscina iba tomando otro significado. Creía tenerlo en su mano cerrada como la figurita de plata, pero en lugar de estar frío estaba ardiendo y le quemaba. A media tarde se fue a alimentar el horno y después salió al parque y se acercó a los milicianos. Se oía en el horizonte, desde las primeras horas de la mañana, un lejano fragor que al principio creyó que sería de tormenta (el cielo estaba nublado), pero que los milicianos le dijeron que era de la artillería. Estaban los milicianos menos expansivos que de costumbre, a excepción de Cartucho, que parecía, por el contrario, excitado y alegre con la proximidad del enemigo. Rómulo tuvo que hacerse una vez más las reflexiones de prudencia a las que estaba ya acostumbrado, para no subir al torreón, pero al día siguiente, en la mañana, no lo pensó más y subió. Lejos, seguían oyéndose los cañones.

—Parece que todo está perdido, señora — le dijo, sin disculparse por su visita.

—Yo diría lo contrario, Rómulo.

—Eso depende — dijo él con un acento de hostil reserva que le extrañó a él mismo — del lado desde donde se mira.

La duquesa estuvo mirándolo un momento como si no supiera qué contestar. Lo veía resentido y no podía imaginar que lo estaba porque no lo había llamado. Por fin dijo:

—Es una sorpresa oírte hablar así.

Evitaba Rómulo mirar la marina colgada del muro. Por las ventanas se veía un cielo gris plomizo. La puerta abierta de la terraza encuadraba el pavimento de losas cenicientas y un rincón de la balaustrada, también de color gris. Todas las cosas parecían perder relieve a la luz natural — sin sol — de aquel día. Rómulo vio que no había puntas de cigarrillo en el cenicero, pero fuera de él, en la mesa, había un poco de ceniza reciente. Un pequeñito cilindro de ceniza gris, casi blanca. Viendo que las pisadas de la duquesa dejaban una huella en la alfombra miró alrededor buscando también huellas masculinas, pero ella se sentaba y lo invitaba a él a sentarse enfrente. Era la primera vez que tenía con él aquella atención y Rómulo no aceptó. La duquesa se quedó con la duda de si aquella negativa representaba enemistad o respeto. Ninguno de los dos hablaba y la duquesa dijo por fin:

—Si piensas como mis enemigos, debes recordar, Rómulo, que el primer día te dije que estabas en completa libertad.

Rómulo parecía vacilar antes de contestarla.

—Entonces era distinto — dijo al fin.

La duquesa tomó una actitud protectora:

—Rómulo, ni entonces ni ahora has pensado tú seriamente en ponerte de un lado o de otro.

Rómulo seguía mirando discretamente por la alfombra. Esa actitud le parecía a la duquesa de una gran timidez. Pero Rómulo buscaba huellas de pasos masculinos. Creyó hallar una cerca de la puerta de la alcoba, allí donde, por llegar sesgada la luz de la ventana, los relieves de la alfombra se marcaban más. La duquesa continuó:

—Comprendo tu caso porque en cierto modo es también el mío. Pero te digo la verdad. Has esperado estos momentos para tomar partido y has decidido inclinarte en favor de los que pierden. Eso quiere decir que estás desesperado y lo siento.

Rómulo seguía sin hablar y la duquesa añadió:

—Lo demás no importa. Puedes ser rojo o verde o azul. Lo único que te pido es que no te signifiques, porque los nuestros van a ser duros un día exigiendo responsabilidades. No olvides que esos milicianos que hoy te piden que seas "rojo" pueden ser los primeros en acusarte el día de mañana. No te fíes de nadie, Rómulo.

La duquesa cambió de tono y tomó un aire familiar:

—¿La Junta de Incautación te ha pagado el sueldo del mes último?

—No, señora.

La duquesa revolvió entre los papeles de un pequeño escritorio, firmó un cheque y se lo dio, advirtiéndole que ponía una fecha anterior a la guerra civil. "Debes decir que ese cheque lo tenías contigo hace dos meses."

Aquel papelito en las manos molestaba y ofendía a Rómulo. Veía la huella masculina en la alfombra, cerca de la alcoba, y se acordaba de los grabados licenciosos.

—Señora — dijo —, yo no cobro de usted sino de la Junta, y si me paga la Junta o no, es cuestión mía y no de usted.

Se oían lejanos los cañones. La duquesa, sin llegar a tomar en serio aquellas palabras, sonrió y dijo con un acento en el que había cierto humor diabólico:

—Rómulo, no había querido ofenderte.

El silencio era de una profundidad amarga. Aquel papelito en la mano era también una burla. No sabía por qué, la idea de ser pagado — pagado cuando lo que se ventilaba era la vida de ella, la de él — le llenaba de vergüenza. Rómulo rompió el cheque, lo hizo pequeños pedazos y los arrojó al suelo. Comenzó a marcharse sin dar disculpa alguna. La duquesa lo llamó y le rogó con la actitud más amistosa que recogiera aquellos papelitos y no le obligara a hacerlo a ella. Rómulo obedeció. No como criado — se decía a sí mismo — sino por galantería. Se dio cuenta de que aquella actitud — inclinado, recogiendo los papeles — era la más humilde que un ser humano podía adoptar. Había en el aire el sentimiento de una fuerza ante la cual Rómulo no quería ceder, no quería replegarse. No le quedaba otro recurso contra aquella fuerza enemiga que ser "un rojo". Había en el torreón una atmósfera prohibida para él, tan prohibida como antes de la guerra, con la añadidura de mantenerse secreta y de encerrar en su secreto algo como una amenaza. En la radio se oía, muy atenuada, una voz que aceptaba que las tropas republicanas perdían terreno y advertía que la caída y pérdida de Madrid, aunque sería

muy lamentable, no representaría más que un incidente
en la lucha y de ningún modo el final de la guerra.

Rómulo salió muy disgustado de sí mismo. No comprendía — en cuanto estuvo fuera de la presencia de la
duquesa — lo que había hecho, lo que había dicho.

Del diario de la duquesa:

"Rómulo tiene miedo. Su miedo toma un acento de
provocación y es tan fuerte que lo empuja hacia el lado
contrario del que la prudencia le aconsejaría.

"El duque viene cada noche y cree que el triunfo es
cuestión de horas.

"He estado leyendo algunas cartas suyas de tiempos
de la monarquía que, en medio de todo lo que sucede
ahora, resultan casi ridículas con sus problemas super-
fluos y sus naderías."

La duquesa estaba por vez primera nerviosa. El fragor de la batalla se acercaba a veces de tal modo que se
diría que sus amigos estaban ya dentro de la ciudad.
Rómulo iba y venía por el parque como un fantasma, excitado también por la proximidad de la batalla, con las
imágenes lúbricas del libro del marqués de Sade en su
recuerdo y un rencor creciente y sin objeto.

Una noche se puso a vigilar las entradas secretas del
palacio, que los milicianos ignoraban. Pero no vio nada.
Dos noches después, apostándose en diferentes lugares
del barrio, vio que un individuo descendía de una am-
bulancia de sanidad algunas esquinas más lejos y se dirigía a una antigua puerta de servicio que daba acceso al
torreón. El amante furtivo llegaba cada noche a la misma
hora y se iba poco antes del amanecer.

Rómulo se había hecho sombrío y adusto. No hablaba con los milicianos sino para decirles palabras evasivas y a veces impertinentes. Una noche se apostó en un
ángulo de la escalera por donde solía subir el desconocido. Estuvo allí varias horas. Cerca de la medianoche
se oyó llamar en la puerta del parque por su mujer, pero

no se movió. "¿Qué hace por ahí esa mujer tan tarde? ¿Por qué grita tanto? ¿Por qué no se acuesta?" Poco después vio abrirse la puerta y entrar cautelosamente una sombra. Rómulo le puso la pistola en la espalda y le ordenó que levantara los brazos. Al mismo tiempo tuvo la impresión de que en la silueta de aquel individuo había algo que le era familiar.

—Vamos, Rómulo — dijo el duque, respirando con cierta dificultad —. Soy yo. ¡Vaya un susto que me has dado!

Estaba Rómulo tan desconcertado que el duque se creyó en el caso de decirle:

—No soy ningún aparecido. Pero eso de creerme muerto es lo mejor que puede sucederme, y tú no debes decir a nadie que me has visto.

Rómulo, guardándose la pistola, balbuceaba:

—Quién iba a pensar, señor duque. Yo estaba aquí para proteger a la señora.

Comenzó a explicar lo que había sucedido en la casa desde hacía mes y medio, pero el duque no lo escuchaba:

—Estoy enterado de todo.

—Es que la situación de la señora...

El duque se perdió escaleras arriba sin oírle y Rómulo salió al parque muy deprimido. Se fue a su casa. Se acostó sin desnudarse. Después volvió a levantarse y salió otra vez. El duque vivía. Y la ciudad era ya atacada por toda la parte oriental, desde la Ciudad Universitaria al Cerro de los Ángeles. Esos hechos le parecían tener una secreta relación. De noche el tronar de la artillería parecía mucho más próximo.

Se acercó al torreón: "Es seguro que tarde o temprano el duque será descubierto. Quizá lo sigue ya la policía. Si es así, ¿por qué viene aquí? ¿Por qué compromete a la señora? ¿Es que quiere hacerle compartir a ella su propia ruina y perdición?" Se acercaba a los muros del palacio, a la puerta principal, encorvado, pesado de movimientos. Después se apartaba otra vez y miraba a las ventanas altas del torreón. Así estuvo ambulando toda la noche, recordando a la duquesa y creyendo verla desnuda entre las sombras que los árboles proyectaban sobre las vidrieras de los ventanales bajos. "Es seguro que la duquesa le habla de mí a su marido y le ha dicho lo que ha pasado en los últimos días. Sobre todo, le ha dicho que rompí el cheque. Yo no dije claramente por qué lo hacía, pero el señor puede pensar que lo hice como un acto de enemistad y de rebeldía, porque no quiero estar a sueldo de mis enemigos". A Rómulo le gustaba que el duque pensara de él esa y otras cosas. Y atendía al estruendo de la batalla, que hacía temblar de vez en cuando un cristal de la ventana baja de su vivienda de un modo incomprensible porque a veces la trepidación se producía con los estampidos más lejanos y no con los más próximos.

Fue al dormitorio de los milicianos. Los tres despertaron sobresaltados. En aquel sobresalto creyó Rómulo comprobar, una vez más, la peligrosidad de la situación. Rómulo se sentó en la cama de Ruiz y dijo que quería saber cuáles eran los delitos que se atribuían al duque de Alcanadre. Ruiz protestó, indignado, de que lo despertara para preguntarle una cosa como aquélla, pero observando en Rómulo algo anormal cambió en seguida de actitud. Fue enumerando delitos militares y políticos.

—¿Qué le pasaría — preguntaba Rómulo — si resultara que vive todavía y lo atraparan?

Ruiz se incorporaba:

—Ocho horas después estaría en el muro.

Decía López, bajando la voz confidencialmente:

—¿Dónde está?

Rómulo los contenía:

—No me pregunten nada, porque en este momento yo mismo no lo sé, pero si tengo suerte puedo entregarlo antes del día.

Rómulo salió a la calle y ambuló por las cercanías

sin decidirse a entrar en la escalera del torreón, temeroso de que alguien lo viera. Cuando se convenció de que ni en las ventanas ni en la calle había nadie, entró y fue a situarse al pie de la escalera, en el mismo lugar que la vez anterior. Mientras aguardaba hubo una alarma de aviación. Sonaban las sirenas. Al otro lado de una alta ventana con cristales polvorientos, los reflectores surcaban el cielo, que aparecía como un tosco tejido de haces movedizos. Al mismo tiempo disparaban las ametralladoras y los cañones antiaéreos y se veían las balas trazadoras subir como rosarios de bengalas. Un cañón se oía tan cerca que Rómulo hubiera dicho que estaba en el mismo parque. Pero atendía a la escalera. "Ahora — se decía —, aprovechando la confusión del bombardeo saldrá el duque." Cuando éste apareció y vio a Rómulo, dijo:

—Hola, Rómulo. ¿Sigues aquí?

Rómulo preguntó también con una voz tranquila:

—¿No cree que estas visitas son peligrosas para la señora?

El duque se acercaba a la ventana y miraba al cielo sin contestarle. Pidió a Rómulo que saliera a la calle y viera si había alguien por los alrededores. Rómulo salió y al sentirse solo otra vez, llevando en los oídos la voz del duque, una voz de amante satisfecho, se dijo: "Soy un cobarde. El duque arriesga su vida. ¿Y yo? ¿Qué arriesgo yo? Soy un cobarde. Y por cobardía voy a perderme, porque los milicianos están ya sobre aviso con lo que les he dicho. Y si yo caigo, ¿qué será de la señora sin mí?" Todavía dijo: "En estos momentos mueren centenares de personas que no son mejores ni peores que el duque". Regresó:

—¿El señor tiene armas?

El duque creyó que había alguna novedad en la calle y sacó el revólver. Rómulo le dio un golpe en la mano y el arma voló por el aire y fue a caer en algún lugar en las sombras. Con voz distinta, en la que temblaba una ira salvaje, rugió:

—¡Salga delante de mí!

El duque se lanzó sobre Rómulo, que tropezó, al retroceder, con el primer peldaño de la escalera y cayó. El duque llevaba ventaja y consiguió atenazar a Rómulo entre sus fuertes rodillas de jinete:

—Un traidor en mi casa, ¿eh? — decía —. Esperaba que te ahorcara nuestra policía, pero voy a darme el placer de hacerlo yo.

Sintiendo las manos del duque en su garganta, Rómulo se vio perdido. "Tengo que matarlo", pensó con una extraña calma. Y sin saber adónde apuntaba, disparó. La bala atravesó una rodilla del duque. Rómulo aprovechó la sorpresa del herido para liberarse. El duque trataba de incorporarse sin conseguirlo y gruñía:

—¿Qué has hecho, imbécil?

Rómulo, acercándose, le ayudó a levantarse. Cuando el duque estuvo en pie, Rómulo le puso la pistola en la espalda y le empujó con ella. Dijo con un acento diferente, del que había desaparecido ya la violencia: "El señor debe callar y hacer lo que yo diga". El duque avanzó cojeando. Rómulo hablaba entre dientes:

—Salga afuera. Voy a entregarlo. Cuando le hagan declarar no hable el señor a nadie de la señora ni del torreón.

El duque arrastraba una pierna. Ya en la calle, Rómulo lo condujo hacia la puerta del parque, para lo cual tuvieron que andar unos cien metros y doblar una esquina. El duque se detuvo y se volvió hacia Rómulo. Éste retrocedió un paso y alzó la mano armada a la altura del pecho del duque. Con un esfuerzo inmenso el duque quiso tomar un aire conciliador:

—Rómulo...

Pero no pudo decir más, ahogada su intención por la ira. Le atrapó con las dos manos el antebrazo desviando el arma y tratando de quitársela. Lo hubiera conseguido, pero Rómulo disparó dos veces y los disparos atrajeron al centinela y detrás de él a los otros tres milicianos.

Cuando los vio, el duque quiso huir, pero la herida se lo dificultaba y los de la guardia lo rodearon. Cartucho miraba al duque de frente y le decía:

—¿Sabes lo que te espera?

—Sí. Lo mismo que a ti — contestó el duque —. Hoy caigo yo y mañana caeréis vosotros.

Los milicianos se llevaron al duque a la Dirección General de Seguridad. Sólo quedó en el parque Estradera. Cuando Rómulo los vio a todos perderse calle de Segovia arriba, regresó a la escalera del torreón y buscó por el suelo hasta encontrar el arma del duque. Después se fue a su vivienda. Era aún de noche. Todo había sucedido en pocos minutos. Encontró a su mujer durmiendo tranquilamente. Volvió a salir y se dirigió al torreón. "He cumplido con mi deber", pensaba tranquilamente. La alarma antiaérea había terminado. Rómulo subió las escaleras con movimientos seguros. Se detuvo y se sentó en un peldaño. Antes de ver a la duquesa quiso hacer un resumen de su propia situación:

"En cuanto me vea la duquesa lo adivinará todo, porque ha debido oír el disparo de la escalera."

"Ha oído también los de la calle y los ha tenido que relacionar con el duque."

"Yo me siento a mí mismo como si me hubiera quitado veinte años de encima."

"Los milicianos dicen que la guerra va a durar mucho."

"Puede durar cuatro o seis años."

"Cuatro años son en estas condiciones toda una vida."

"La duquesa ha oído los tiros y me espera. Me espera porque me necesita."

Se sentía absolutamente feliz. Siguió subiendo. Al final había un descansillo que daba a la puerta del vestíbulo. Rómulo llamó y entró sin esperar la respuesta. Encontró a la duquesa pegada a una de las ventanas y tratando de averiguar algo por los rumores exteriores. Al ver a Rómulo le preguntó con la mirada, sin disimular el miedo a la respuesta. Rómulo tardaba en contestar.

—Espero — dijo ella con una temerosa incertidumbre — que el duque esté a salvo.

Antes de contestar, Rómulo se sentó en un sillón sin que nadie lo invitara y, ya sentado, dijo mirando el mar azul del muro:

—Un hombre con un balazo en la rodilla no es fácil que vaya muy lejos.

La duquesa miraba alrededor, aturdida.

—¿Lo han descubierto los de la guardia?

—Sí, señora.

—¿Se lo han llevado?

Rómulo afirmaba con la cabeza. La duquesa estaba en una tensión tal que parecía proyectarse toda su vida fuera, por los ojos.

—¿Adónde se lo han llevado?

Rómulo fue diciendo lentamente, con una serenidad perfecta:

—Se lo han llevado a la Jefatura de Policía. No han querido llevarlo al comité de barrio porque les parecía una presa importante. Es natural. La señora comprende.

Ella hablaba como una sonámbula:

—Al comité de barrio...

Lo decía mirando fijamente al pie de una lámpara. Rómulo aclaraba:

—No, señora. A la Jefatura de Policía. Ocho horas dicen que suele llevar el juicio.

La duquesa lo miraba sin hablar. Rómulo tampoco decía nada. Ella tenía un pie desnudo en la alfombra. Era carnoso y pequeño como el de un niño. A partir de aquel pie reconstruía Rómulo todo el desnudo de la duquesa y tuvo que apartar de ella la mirada. Con la voz temblorosa, la duquesa decía:

—No te quedes ahí, Rómulo. Ve a ayudarle. Te daré un millón. Te daré lo que quieras. Ponte de acuerdo con esos milicianos y haz algo por él.

La duquesa repetía aquellas palabras con la mirada
perdida en el aire y sin ninguna fe en que Rómulo la es-
cuchara. Sin fe tampoco en lo que estaba diciendo. Rómulo se daba cuenta y contestaba con un acento indolente:

—La señora comprenderá que tal como están las cosas ni yo ni nadie puede hacer nada.

Ella lo miraba pensando: "¿Cómo va ayudar al duque él, precisamente él? ¿Por qué le pido yo a él que
ayude al duque?" No podía seguir en silencio. Aquella
tensión que antes se manifestaba en sus ojos — una tensión sin fe — había ido apagándose y ahora su mirada
no era ya luminosa y todo su desaliento se veía en su
voz, que quería ser acusadora y enérgica, pero era sólo
desmayada:

—¿No tienes tú armas? — preguntaba —. Pero, con
armas o sin ellas, yo sé que tienes derecho a ser un cobarde.

Rómulo sonreía. La duquesa lo consideraba un cobarde y él tenía derecho a sonreír en el fondo de su secreta y difícil victoria, pero decía:

—Me hubieran matado. La vida no me importa mucho a mí, la señora comprende, pero yo pienso, y quizá
voy demasiado lejos pensándolo...

Rómulo hacía una pausa, miraba la alfombra, el
techo.

—Quizá no tengo derecho a pensar que...

La miró de frente, decidido:

—Comprenda la señora. ¿Qué haría la señora en estas condiciones sin mí?

Lo miraba ella con una atención sobresaltada como
si de pronto le tuviera miedo:

—¿Sin ti? Pero si yo no puedo tolerar tu presencia.
¿No te das cuenta de que no puedo tolerarla?

Rómulo la miró con ironía:

—Bien. Me iré si la señora lo desea.

Pero no se iba. La duquesa se acercó a la ventana

que estaba entreabierta. A lo lejos el cielo comenzaba a
clarear. La duquesa seguía allí en silencio haciendo a veces gestos mecánicos (apartar una guedeja de las sienes,
tomar y dejar un objeto cualquiera) con los cuales quería
aliviar su angustia interior. La duquesa, alzando terriblemente la voz, dijo:

—El que tiene la culpa de todo esto no eres tú.

Rómulo estaba deslumbrado:

—Señora, tranquilícese. Piense que pueden oírla.

—Mejor. Que me oigan. ¿Qué puedo hacer ya si no
gritar la verdad a los cuatro vientos?

Estaba al lado de la ventana y se disponía a seguir
dando voces cuando Rómulo se acercó y le cubrió la
boca con la mano. Ella giró con un movimiento de protesta y Rómulo la retuvo de espaldas oprimiendo contra
sí su cabeza y su cuerpo entero suavemente. No la dejó
gritar y, sin embargo, Rómulo hubiera querido oír aquella "verdad" que ella quería decir al mundo de sus enemigos por la ventana. La duquesa se separó. Rómulo
estaba lívido. Ella no parecía ofendida. Todo había sido
natural. El contacto de Rómulo devolvió a ella la calma.
Y la duquesa volvió a hablar a media voz y al parecer
tranquila:

—Por Dios, Rómulo, márchate.

Rómulo no se iba. Le agradecía a ella sus nervios,
su extravío, su abandono.

—¡Márchate y no vuelvas más!

Rómulo se dirigió despacio al ascensor. Lo hizo subir. Abrió con cuidado, entró y antes de cerrar dijo a la
duquesa:

—¿Desea la señora que traiga alguna cosa?

La duquesa creyó que había ironía en aquellas palabras, lo miró con miedo y no contestó. Ya sola, estuvo
paseando desde la puerta de la terraza a la del ascensor,
sin saber lo que hacía, hasta muy entrada la mañana.
Veía en el escritorio las cartas del duque — las lejanas
cartas del noviazgo — atadas con cintas azules. No se

atrevía a tocarlas. Ir a refugiarse a las cartas del duque era ahora como un recurso "de viuda". Durante algunos momentos sintió un profundo horror. "La vida — se dijo — va apareciendo ante mí tal como es. Yo no pude imaginarla así nunca. Tengo miedo." Se puso otra vez a pasear pensando: "Todo es demasiado espantoso para poder aceptarlo como una lección, y aunque no lo fuera, a mí no pueden ya servirme de nada esas lecciones, porque quizás he venido a la vida a jugar y es mi destino seguir jugando hasta el fin. Pero en mis juegos hay sangre. Ahora hay sangre". Se dejó caer en la cama y se quedó profundamente dormida. Eran ya las diez de la mañana cuando una granada estalló en la terraza y abrió una brecha en el pavimento. Rompió también la parte inferior de la puerta que comunicaba la alcoba con la terraza. La duquesa despertó y salió, aterrada, al vestíbulo. Poco después, más tranquila, se acercó a la terraza y estuvo viendo la cuantía de los destrozos. Comprobó que dentro de la alcoba misma habían penetrado algunas esquirlas de hierro y una se había clavado en el techo. Se fue otra vez al vestíbulo. Recogió algunos papeles, algunas ropas y se marchó escaleras abajo al piso inferior. Comprobó que en esas habitaciones las ventanas estaban cerradas, encendió las luces y mirando alrededor asustada, se dijo: "La bomba en la terraza parece que llegó y estalló por la voluntad de Rómulo. Parece que es él quien me ha echado de esas habitaciones y, sin embargo, vengo a estas otras huyendo y esperando. Huyendo de él. Y esperándolo a él".

III

Rómulo fue a la calle a ver si los milicianos regresaban. Estuvo un rato hablando con el centinela y después de cambiar vaguedades y frases indiferentes, cuando se dio cuenta de que era inevitable hablar de los hechos recientes — la denuncia y la entrega del duque — volvió lentamente al parque. Sentía hambre y fue a su casa. Pero se quedó en el umbral, vacilando.

Cruzó lentamente el parque y se dirigió al palacio. Sin saber qué hacer fue a los sótanos. A medida que se acercaba a la sala de armas creía acercarse al duque mismo. Lo llevaba en su imaginación. Lo veía igual que horas antes en las sombras de la escalera: "Yo le hablaba y no me contestaba". Después se veía ante la duquesa y la oía decir: "No tienes la culpa tú, no". ¿Qué quería decir con aquello? ¿Sabía ella lo sucedido? ¿Se daba cuenta de todo tal como todo había sido?

Aunque allí las sombras eran más claras, la sala de armas estaba también en una vaga y uniforme penumbra. La piscina estaba llena y el agua era aun el agua "de aquel día". Rómulo comenzó a desvestirse. Pero no se quitó más que la chaqueta y la camisa. Vio enfrente su ancho pecho en el espejo donde solía verse la duquesa. Era como si otro Rómulo se asomara por el fondo de una ventana ciega. La intención de nadar allí no le parecía seria. Además había en las aguas una quietud luminosa y tenía miedo, como si aquel pequeño estanque fuera tan hondo que ningún nadador pudiera llegar nunca al suelo con los pies.

Se apartó de la piscina. Oyó rumores en el parque y prestó atención. Cualquier ruido le sorprendía y le ponía alerta desde que entregó al duque. Tenía la impresión de que por haber hecho aquello podían llegar acontecimientos inesperados y quizá temibles. Lejos, sonaban los cañones. Le gustaba aquella fatalidad de la sangre y el fuego en la que estaban todos. Encendió una lámpara que había al pie de un armero. Vio el maniquí con el florete clavado en el pecho. Aquel maniquí tenía la misma actitud erguida y esbelta del duque. Quiso sacarle el florete, pero al tirar, el maniquí que era muy alto, se inclinó sobre él y Rómulo soltó el florete y retrocedió un paso. Viendo otros dos floretes en el suelo los recogió y los llevó al armero. Había en la tabla inferior un pequeño libro encuadernado en pergamino y cerrado con broches de hierro en forma de quimeras. En el lomo, grandes letras lapidarias decían: *Libro de los Esiemplos de las Monarquías*. Al frente del primer capítulo había un hombre y una mujer desnudos. Una ramita de árbol cruzaba sobre el vientre del hombre y la cabellera de ella bajada sobre un hombro hasta los muslos con la misma púdica intención. Eran Adán y Eva, los dos con esa cara linfática y boba que tienen las figuras de los grabados en madera.

Rómulo vio entre dos páginas una ramita todavía fresca de helecho y allí mismo unos párrafos orlados a lápiz con la siguiente nota de mano de la duquesa: "Ver la página 103". Rómulo cerró el libro y se quedó con él en las manos mirando la luz que entraba por los altos ventanales.

"Ahora — se dijo a sí mismo una vez más — los milicianos no sospecharán de mí y la señora estará más segura."

Seguía desnudo de cintura para arriba y miraba el agua de la piscina. Se acercó, se arrodilló, se puso a cuatro manos con la intención de mojarse la cara y el cabello, pero cuando vio el agua en el hueco de las dos manos, en lugar de lavarse con ella, la bebió. Volvió a beber tres, cuatro, cinco veces más. Después se vistió, tomó el *Libro de los Esiemplos de las Monarquías* para llevárselo a la duquesa, que sin duda lo estaba leyendo (la ramita de helecho era fresca aún) y fue a la bodega a ver a *Elena*. Estaba el enano intrigado por el constante cañoneo y por los disparos que había oído la noche anterior. Un disparo de pistola dentro de la casa y dos más en la calle. Decía *Elena* con los ojos enrojecidos como los de un hurón:

—Se pelea en todas partes. En el parque, en la calle, en el campo, en los aires y en la bodega. También en la bodega.

—¿Aquí? ¿En la bodega? — preguntaba Rómulo.

—Sí. Aquí también.

—¿Cómo? — decía Rómulo mirando alrededor.

—Hay una rata que me planta cara.

—¿Y pelea usted con ella?

—Sí.

—¿Cómo?

—Con uñas y dientes. A patadas y mordiscos.

Rómulo fruncía el entrecejo. ¿Tan grande era la rata?

—Una rata mayor que dos gatos capones. Y se me atreve. Venga usted.

Lo llevó al lado de la puerta de la despensa que estaba forrada de cinc. En el muro se veían trazas de haber sido arañado y había un pequeño montón de cal en el suelo. El enano dijo:

—La que trabaja aquí es la Pascuala.

El enano añadió con una súbita condescendencia consigo mismo:

—Bueno, así la llamo yo.

Rómulo decía, mirando las huellas:

—Sí que debe ser grande.

El enano lo llevaba al otro lado de la puerta y le mostraba un pequeño hoyo:

—¿Ve usted que aquí el cemento está roto? Pues han conseguido minar y llegar hasta la tierra. Quieren hacer una galería para pasar a la despensa. Son buenas operarias, ¿eh?

—Así parece.

—Sobre todo la Pascuala. La otra, la que trabaja aquí, es más floja. Además, tiene dos uñas rotas. Pero es muy valiente. Es macho y yo le llamo el Barreno.

Rómulo no sabía qué decir. Miraba a *Elena* y veía en el muro, aquí y allá, grabadas, cruces svásticas:

—¿Y eso qué es?

—Contra los judíos.

Para Rómulo la palabra "judío" no quería expresar una raza y ni siquiera una religión. Le parecía sinónimo de prestamista.

—Pero verdaderos judíos no los hay.

—¿Que no?

—Al menos en España.

—¿No los hay? Bueno. Entonces para que no vengan. Yo soy partidario de que no vengan.

Rómulo seguía sin comprender, pero se daba cuenta de que un ser como *Elena* tenía cierto derecho a decir extravagancias. El enano repetía:

—Dígalo usted a sus excelencias.

Rómulo se marchó y salió al parque. Fue hacia los parterres de otoño y viéndolos cuajados de capullos verdes, todavía cerrados, se acercaba, los miraba con atención y se decía: "Esas rosas están para abrirse entre hoy y mañana y son todas blancas o amarillas". Le gustaban estas reflexiones después de la escena con el enano. "Como no han abierto aún, nadie las ha visto, y si las corto ahora y las saco de aquí nadie se dará cuenta, aunque son más de ocho docenas." Sacó su cuchillo y las fue cortando dejándoles el tallo muy largo. Cuando terminó fue a los lavaderos, las envolvió en un trozo de tela

de harpillera que mojó antes hasta que se empapó bien.
Las dejó debajo de un grifo entreabierto del que caían
gotas de agua fresca. Todo, el agua, los tallos cortados,
los capullos, era de una ligereza conmovedora. Los pé-
talos, encerrados todavía dentro del cáliz verde, debían
tener la pureza de la piel del vientre de la duquesa. "Por
cierto que la duquesa habrá perdido ya — pensó — la locura del primer momento y estará acostumbrada a la
idea del duque muerto." Sonreía. Se dijo que al día siguiente las flores estarían en su punto, a medio abrir, algunas abiertas del todo, y se las llevaría a la duquesa.
Desaparecido el visitante nocturno, quizá se podía ya
hablar con ella, cosa que no había intentado realmente
hasta entonces. Para que los milicianos no vieran las flores, llevaría por la noche los capullos al ascensor y los
dejaría allí en un cubo con agua. Al día siguiente no
tendría más que subir. Llenaría con las flores las habitaciones de la duquesa. Tenía derecho a hacerlo — se decía — como tenía derecho también a prohibirle a la duquesa que gritara. Quería pedirle que en lugar de gritar
la verdad por la ventana se la dijera a él, a solas. "Después de lo sucedido, después de haber yo entregado al
duque, ella representa para mí en un mañana quizá muy
cercano, un peligro grave." Aquel peligro le gustaba. Recordaba la última visita a la duquesa. "Cuando entré estaba mirando por la ventana." ¿Qué podía ver por la
ventana más que las sombras de la noche? Pero los disparos habían iluminado aquellas sombras del parque.
"Yo iba y venía por aquellas sombras y ella lo sabía.
Ella pensaba en mí mirando aquellas sombras. Yo pondré flores mañana en aquellas sombras." Oía el agua que
caía con un gracioso rumor sobre las flores, como el de
las fuentes de su infancia. "Ella quería que el señor duque estuviera a salvo. ¿A salvo? ¿Y quién está a salvo en
este mundo? Ella sabía que mi mano lo había empujado
hacia el muro donde tiran al blanco los soldados. Y que
esta misma mano empujó después su cuerpo, el de ella,

contra el mío, y que esta mano está dispuesta a todo
para alcanzar que ella la bese un día entre una caricia a
sus senos desnudos y otra a su cabello. Ella lo sabe."
Rómulo comprobaba que por la chimenea de los hornos
no salía ni una vedija de humo. "Dijo que me daría un
millón, que me daría lo que quisiera. Lo que quisiera."
Por las piedras del muro subía una lagartija. Andaba un
poco, se detenía, volvía a andar. Parecía escuchar también los cañones y dudar antes de volver a avanzar. En
cuanto a los pájaros habían desaparecido, se habían marchado todos en los primeros días de la batalla de Madrid. "La duquesa me decía que yo tenía armas. Que por
qué no las usaba. Quizá por eso no podía tolerar mi presencia. Pero yo sé que ahora ya no sólo me escucha sino
que me habla, se abandona delante de mí y quiere gritar la verdad, una verdad que yo conozco porque la verdad de ella no se grita, no se dice. Se ve. En cuanto le
pongo los ojos encima yo veo toda su verdad."

Rómulo se sentía solo en aquel apacible lugar, y con
la brisa fresca en su cabeza, añadía: "Las flores acaba-
rán de abrirse en el torreón bajo la mirada de la señora".
Había estudiado Rómulo a su manera las costumbres de
las flores y creía haber llegado a comprenderlas y a tener
con ellas una relación dialogal. Una de las primeras sorpresas que tuvo en la observación de las flores fue el advertir que tenían a veces movimiento. No el movimiento
del crecer o el abrirse, que dependían del sol, del agua,
de la primavera o el otoño, sino otros que parecían responder a una voluntad interior. Rómulo había pasado
horas y horas contemplando un bancal de calas en cuyos
profundos embudos blancos entraba a veces una abeja
o un moscardón. Entre éstos los había a veces grandes,
aterciopelados, vestidos con un lujo asiático y moviéndo-
se con cierta gravedad religiosa. Y había visto a uno de
esos moscardones entrar despacio en la entraña de la
flor, como un rey en su cámara y, estando ya dentro, había observado cómo uno de los estambres de la flor se

movía hacia abajo y tocaba al moscardón en la espalda manchándolo de amarillo. Aquella intención de la flor había dejado a Rómulo perplejo.

Nada se podía imaginar en la vida humana superior a la belleza de la entrada de uno de aquellos insectos, poco a poco, en la entraña de una rosa entreabierta, de una magnolia, de una "cabeza de dragón". Aquel penetrar con la delicia del tacto, la vista, el olfato y el sabor mezclados en una sola impresión, era algo que el hombre no conocía, que el hombre sólo podía imaginar. Rómulo sabía que había flores machos y hembras. Muchas veces fecundó con su mano una flor hembra tomando el polen en estambres masculinos. "Porque cada cosa — decía él — quería y debía cumplirse", y dejar al viento o a los insectos la fecundación de una flor le parecía a veces demasiado incierto y azaroso.

Cuando salió otra vez al parque tuvo la impresión de ser su propietario. Desde hacía muchos años sabía que por encima del árbol más alto del parque, hacia el rincón de los lavaderos, salía cada tarde en el otoño la primera estrella, y que la misma se marchaba cada mañana — hasta mediados de noviembre — por detrás de su casa (ahora por detrás de la bandera republicana). El sol aparecía, en cambio, cada día por encima del muro, entre las dos filas lejanas de edificios que se perdían hacia la plaza del Progreso. Si los milicianos no regresaran nunca y él se quedara allí con todo aquello y con la duquesa, también él se sentiría como aquellos moscardones que entraban despacio en la entraña de una magnolia.

Pero los milicianos volvieron acompañados de cinco personas más: dos oficiales y tres sargentos. Ruiz se adelantaba a explicarle:

—Van a instalar aquí una oficina de recluta y un centro de instrucción de unidades antitanques.

Rómulo preguntaba, aterrado:

—¿Cuántos hombres?

Pero no le contestaban. Viendo Rómulo ir y venir a

aquella gente tuvo de pronto la impresión de que la duquesa estaba perdida. Uno de los oficiales se llamaba Ordóñez. El otro, que parecía siempre disgustado, pero que cuando hablaba lo hacía afablemente, se llamaba Uriarte. Advirtió Rómulo que no había carbón y que sin calefacción la casa era muy fría en invierno. "Si no hay carbón por lo menos no falta leña", dijo Ordóñez, riendo.

Antes de ver el palacio habían decidido ya quedarse. "Traerán — dijo Ordóñez — colchonetas y mantas para cien hombres y mañana empezará esto a marchar." Y añadía, dirigiéndose a Rómulo:

—¡No pongas una cara tan larga, tú!

Se trataba de dos organizaciones distintas: una oficina de recluta a la que acudirían voluntarios que el mismo día serían destinados a algún cuartel, donde se instruirían, y la compañía antitanque, que viviría en las salas bajas del palacio. Rómulo ofreció su propia casa para oficina de recluta, tratando de alejar en lo posible a la gente del torreón. Ordóñez encontraba aquello adecuado por estar la casa al lado de la puerta del parque. Recorrieron el edificio y al llegar al tercer piso el teniente Ordóñez comenzó a entrar en las escaleras del torreón. Rómulo contenía con violencia sus nervios. El teniente pasó de largo por delante de la puerta del cuarto piso, donde estaba la duquesa, y siguió hacia arriba. Llegó al último piso, entró, y Rómulo, que no sabía que la duquesa había bajado al piso inferior lo siguió, con la pistola en la mano, diciéndose: "En cuanto él vea a la duquesa, tendré que matarlo". Pero ella no estaba en el vestíbulo ni en la terraza. Rómulo, con mano temblorosa, se guardó la pistola, sin soltarla: "¿Estará en el baño?" El oficial recogió en la terraza un casco de metralla: "Era una bomba del diez" — dijo —. Miró después los lugares que desde la terraza se dominaban y, sin decir una palabra más, regresó seguido de Rómulo, que continuaba con la mano en el bolsillo de la chaqueta y en la mano la pistola. De nuevo pasaron frente a la puerta del piso cuarto. "Qué extraño — pensaba Rómulo — que la señora no esté arriba. Si está en el baño no sabe que, escondiéndose, ha salvado la vida a ese oficial." Tampoco podía comprender que una bomba hubiera estallado en la terraza sin que él se enterara. Todo era absurdo e increíble. Uriarte los esperaba abajo para acabar de instalar las oficinas de recluta. En la noche todo quedó listo y la radio anunció al día siguiente que aquél era el 17 centro de recluta de los voluntarios del distrito.

A pesar de todo, Rómulo pudo encontrar una oportunidad para ir a los lavaderos, tomar las flores y transportarlas al ascensor, donde las dejó sin ser visto. La instalación de los oficiales y el futuro alojamiento de los soldados que llegarían al día siguiente dejaban bastante libre el ala derecha del edificio. Rómulo había visto que iban a utilizar las pequeñas puertas laterales del lado izquierdo — cocinas, comedor de criados, despensas —, dejando la puerta principal cerrada porque — como decía Ordóñez — si se acostumbraban a usar aquella puerta, la casa sería en invierno una nevera.

Rómulo quería ir al torreón para llevar a la duquesa la noticia de que el duque ya no vivía. Subió, esperó, llamó desde la escalera. Bajó corriendo al piso inferior y la halló en el vestíbulo, con un gabán de pieles puesto sobre el pijama. Las habitaciones eran iguales que en el piso superior, con la diferencia del decorado y de que el lugar de la terraza lo ocupaba una habitación más. En ella el techo estaba cuarteado por la explosión. Rómulo había subido y bajado corriendo y su respiración estaba acelerada:

—¡Ah, está usted aquí! — repetía.

Ella se decía: "Cuando no me encontró arriba creyó que me le había escapado". Rómulo observó que los dos libros que había sacado de la biblioteca estaban allí, sobre una mesa. A través de la cubierta de uno de ellos veía los grabados licenciosos. Dejó en la mesa también

el de los *Esiemplos de las Monarquías,* que llevaba en el
bolsillo. En el lugar que en el piso superior ocupaba la
marina había un tapiz de Goya, con colores amarillos
muy vivos, que no le gustaba a Rómulo. La duquesa,
sintiéndose acorralada por la fatalidad, no perdía, sin
embargo, delante de Rómulo, su calma. Rómulo dijo,
sorprendido desagradablemente:

—¡Ah, también aquí hay teléfono!

La duquesa, mirando a otra parte, preguntó con voz
ronca:

—¿Se sabe algo?

Rómulo la miraba fijamente. Lo único que se podía
saber era que lo habían fusilado ya. Contestó:

—Sí. Ya no vive.

Dándose cuenta de que debía decir algo más, añadió:

—Por desgracia.

Todavía no era bastante. Se creía obligado a seguir
hablando y dijo que la habitación del fondo tenía el techo cuarteado y que si llovía entraría el agua. Aunque
aquella habitación no la usaba la señora porque el dormitorio estaba en la anterior, quizás era malsano tener
una gotera tan cerca. Si quería la señora — terminó —,
podía bajar al piso tercero.

Ella no contestaba. Miraba el aire gris que flotaba
junto a una ventana. El día era triste. La ciudad iba dando la impresión de estar desierta. Las explosiones reso-
naban lúgubremente en las calles vacías. La artillería
tiraba de tal modo que salir a la calle era una aventura
peligrosa, y dentro de casa tampoco se estaba seguro. De
tarde en tarde pasaba un coche ocupado por militares, a
una velocidad fantástica. Se confundían los ruidos. Una
motocicleta sonaba como una ametralladora y no se sabía si una explosión próxima era una granada enemiga
o un disparo de alguna de las baterías que iban instalán-
dose en plazas y solares.

La duquesa había encontrado otra vez la estampa
francesa del lindo esqueleto y le dijo a Rómulo: "Lléva-

la, por Dios, a donde no la vea más". Rómulo hizo subir el ascensor y entró en él con la estampa. La dejó en el suelo, apoyada en la pared del fondo. Vio que las rosas estaban todas entreabiertas y los capullos daban una fragancia carnal. Las tomó y volvió a las habitaciones de la duquesa. Por encima de la brazada de flores, la falsa tristeza de Rómulo recordaba la seriedad lunar de los clowns:

—Hay otras noticias, señora. Desgraciadamente, la casa ha sido invadida.

La duquesa miraba "a ningún sitio". Era demasiada indiferencia — pensaba Rómulo, que la veía de perfil — para que fuera verdad. Rómulo le dijo lo que sucedía en el parque, y le pidió permiso para trasladarse con su mujer a un cuarto que había en los sótanos. Ella decía que sí sin oírlo. Rómulo añadía: "He podido contener con dificultad a los militares en la planta baja". Aunque expuso la situación en tintas sombrías, no dijo que el teniente Ordóñez había subido a la terraza, e insistió en que antes de que el peligro fuera mayor, si realmente llegaba a serlo, él no dejaría de avisarla con tiempo para tomar cualquier determinación. Seguía Rómulo con las flores en los brazos y la duquesa parecía no verlas. Rómulo las dejó en el baño y volvió a la sala. La duquesa balbuceó:

—Rómulo, quiero marcharme de aquí.

—Señora — decía él —, la vida en la ciudad es muy diferente. Todo ha cambiado, y sin papeles del Gobierno no se puede dar un paso.

La duquesa veía que detrás de las palabras de Rómulo, cualesquiera que fueran, había un placer escondido. Se dio cuenta de que él no haría nada para ayudarla a marcharse. Miraba en el fondo del ascensor abierto el gentil esqueleto saliendo del baile.

—Por Dios, cierra esa puerta.

Rómulo obedeció y volvió poco después. La duquesa le daba otra orden:

—Mira esa ventana. Creo que no cierra bien.

Rómulo vio que en ella había un poderoso reflector de los que se encendían las noches de gala para iluminar el parque. Se encendían no sólo con una intención ornamental, sino porque así lo exigían los servicios de protección del Rey. Rómulo vio en la ventana que lo que no podía cerrarse eran las persianas exteriores. Pero las vidrieras se cerraban fácilmente y con las cortinas corridas la seguridad era completa. Seguía con su mirada la dirección de los ojos de la duquesa, que se habían detenido en la consola, en el mármol blanco de una consola en el centro de la cual había un objeto de nácar y oro y acero: la pistola de la duquesa. Rómulo pensó: "Tiene la idea del suicidio". No comprendía que una mujer como ella pensara en suicidarse por un hombre como el duque. Fue avanzando solemnemente, tomó el arma y se la guardó en el bolsillo.

—¿Por qué me la quitas? — preguntó ella.

Volvió Rómulo a sacarla y la dejó donde estaba. La duquesa insistía:

—Si me quitas esa arma tendré la impresión de estar secuestrada. Y no estoy secuestrada, Rómulo, sino escondida.

Preguntó, como si le costara un gran esfuerzo decidirse a hacerlo, si sabía algo de los últimos momentos del duque, y Rómulo pensó: "Está de lleno en esos últimos momentos."

—No, señora. No sé nada. No sé más sino que lo ejecutaron ya.

Callaban los dos. Una minúscula mariposa, una polilla, flotaba en la zona iluminada de una lámpara. Fuera se oían los cañones. La duquesa sentía una piedad que amenazaba convertirse en llanto y, a fuerza de contenerlo y evitarlo, comenzó a reír. Rómulo abría los ojos, asustado. La duquesa seguía riendo y en los intervalos repetía para sí: "No, no". Insistió en que tenía que salir de la casa, de Madrid, de España. Rómulo dijo:

—Quizá conmigo se podría intentar llegar a alguna frontera, a Portugal o a Francia.

—Quizá — decía ella, soñadora.

—La señora puede contar conmigo.

—¿Contigo?

La duquesa parecía, sin embargo, calcular los pros y los contras. Por fin dijo:

—No tienen confianza en ti.

—Creo que ahora la tienen, señora.

La duquesa analizaba aquel "ahora" y acertaba a darle el mismo sentido. Rómulo dijo que había desconectado el teléfono y que iba a arrancar el hilo en los espacios más visibles de la desviación del torreón. Y añadió: "Ahora que la señora no tiene teléfono ni puede llamarme, se sobreentiende que yo puedo venir a cualquier hora del día y de la noche sin ser llamado". Ella no contestaba. Rómulo había encendido la luz de su lámpara de bolsillo y estuvo un instante mirando el tapiz de Goya: "Con la luz amarilla de mi linterna—pensaba—, ese campo que no es el campo y que, sin embargo, es el campo, parece lleno de sol". Seguía dirigiendo la luz al tapiz. La duquesa callaba y Rómulo creyó que debía disculparse por anticipado.

—Como ahora no puede la señora llamarme...

Ella parecía despertar:

—Está bien, pero no vengas nunca en la noche más tarde de las once.

Rómulo seguía mirando el tapiz del muro y diciéndose: "Con esta luz de mi linterna el campo está soleado, pero el sol tiene un color amarillo y dulce, como de tormenta". Estaba contento con la sorpresa — la duquesa lo miraba y le hablaba casi como a un amigo —, pero pensó: "La duquesa está más tranquila y confiada porque la batalla arrecia y parece que todo va a terminar esta noche o mañana". Se creyó obligado a decir algo contrario a esas esperanzas:

—La guerra va para largo, señora.

—¿Dicen eso los soldados? — preguntó ella, y añadió con una tranquilidad que Rómulo no comprendía —: Yo creo que es cuestión de días.

—¿El fin de la guerra?

—Por lo menos — dijo ella mirando a Rómulo de un modo siniestramente familiar —, la caída de Madrid.

Rómulo no quería aceptar aquella confianza casi amistosa, pero sombría y agria, de la duquesa. "Ella conoce quizá — pensaba — mi intervención en la muerte del duque y transige con todo a cuenta de hacerme matar un día."

—Poco tiempo le concede a mi cabeza — dijo.

La duquesa lo miraba, queriendo averiguar lo que dentro de aquella cabeza, que Rómulo consideraba perdida, estaba pasando.

—Yo creo — añadió él, tanteando el terreno — que cuando entren los suyos, por lo menos me arrestarán, me enviarán a la cárcel.

Ella también parecía querer probarle:

—¿Por qué?

—Por haber tenido la confianza de "los rojos".

Seguía mirándola a los ojos y no veía en ellos más que una especie de confianza indiferente. Preguntó:

—¿No saldría la señora en defensa mía?

La duquesa no contestaba. Rómulo, que estaba sentado, extendió las piernas sobre la alfombra y añadió:

—¿O me dejaría en manos del verdugo?

Ella tardaba en contestar y por fin dijo:

—Cuando llegue el caso, si realmente llega, veremos.

Poco después, sin que Rómulo hubiera vuelto a hablar, ella dijo como tantas veces:

—Es tarde, Rómulo.

Rómulo recogió sus piernas, pero no se levantó. Por el contrario, dijo:

—No me voy. Necesito hablar y saber que usted me oye.

La duquesa cambió de color:

—Habla si quieres. Puesto que no tengo valor para arrojarme por una ventana, debo aguantarte aquí y escucharte.

Rómulo comenzó:

—Esta noche vine solamente a ver si estaba usted tranquila. Ya veo que no. Ya veo que no está tranquila y lo siento. Si pudiera yo dar mi tranquilidad a cambio de la suya...

Rómulo extendió otra vez las piernas. Era como un gesto de propiedad, de señorío.

—He venido también, como le decía, porque siento la necesidad de verla y de oírla. El peligro aumenta cada día, aunque no queramos hablar de él. Esta noche puede acabar todo. No porque el enemigo vaya a entrar. No es eso. Cada día la ciudad está mejor defendida — esto lo dijo sin la menor fe en ser creído —. Pero la artillería está tirando sin cesar. Los aviones vienen de vez en cuando.

La duquesa dijo:

—Lo sé. Lo sé igual que tú, igual que lo sabe todo el mundo. Y no importa.

A Rómulo no le satisfacía aquello:

—O quizá la ciudad caiga. Si aquí las baterías aumentan por docenas, también aumentan al otro lado, digo yo. Ésos — decía, indicando la dirección del bramar de los cañones — pueden entrar. La señora cree que a mí me van a matar en cuanto caiga Madrid. Tampoco a mí me importa. ¿Por qué va a importarme la vida más que al señor duque o más que a la señora? Si la señora quiere mi ruina y yo voy verdaderamente a ella porque la señora lo quiere, yo continúo siendo un hombre feliz. La señora dirá: "¿Por qué?". Y ¿qué voy a decirle yo a la señora si sabe de mí tanto como yo mismo?

La duquesa no podía más, pero hablaba con calma:

—Es verdad. Sé tanto como tú. Eres un criminal. Eres un asesino. Márchate.

Rómulo negó con la cabeza. "No me voy." Con las

palabras de la duquesa todo se hacía más ligero y más fácil. Ella había hablado. Y Rómulo no había confesado nada. Rómulo se sentía casi alegre. Sin embargo, miraba a la sombra de la puerta del dormitorio con recelo. Después miraba el tapiz. Era también el tapiz como una ventana. Dirigiendo a él la luz de la linterna le parecía asomarse a un valle ensombrecido por la última luz de la tarde. Los estampidos lejanos o próximos parecían llegar de los horizontes falsos de aquel valle que se veía en el tapiz. El aire del torreón estaba frío — Rómulo pensaba en los hornos — y alrededor de las lámparas parecía cuajarse en algodón amarillo. Rómulo dijo:

—No. Las cosas no son como parecen.

Aquélla era una frase que no le comprometía después de las acusaciones de la duquesa. Y añadió:

—La guerra, el fuego, la sangre, ¿qué nos importa a nosotros, a usted, a mí?

Se oían explosiones próximas. Miraba el tapiz y veía un horizonte bajo, como los de Castilla. Quizás al otro lado de aquel horizonte estaban enterrando al duque. Dijo, indicando las ventanas:

—Ahí fuera, ahí, suceden cosas que uno no quiere ni puede comprender. ¿Qué me importa a mí lo que sucede? La vida, ¿qué es eso? La guerra, la sangre, ¿qué es eso? No quiero decir que no sea lamentable, pero por encima de todo eso yo tengo mi camino. Un camino nuevo, señora.

Rómulo se enardecía:

—No diré qué camino es. La señora se lo puede decir a sí misma si quiere, porque en su imaginación una mujer como la señora lo puede todo. Yo lo veo cada día más claro. He estado cuarenta años empeñado en entender todas las cosas que pasaban fuera de mí y en conducirme razonablemente. Cada día decía diez veces que sí, cuando pensaba quizá que no. Ésa ha sido la gran tontería mía. O el gran crimen mío.

Se oía la artillería y Rómulo añadió:

—Y la tontería o el crimen de todos esos que dispa-
ran ahora los cañones o aguantan los disparos del contrario. ¿No le parece?

La duquesa callaba.

—No sé lo que habrá sido la vida de todos ésos,
pero por lo que hacen ahora se puede calcular. Se ve que
están rescatando su falsa conformidad de muchos años,
y es tanto lo que hay que rescatar, que tienen que hacerlo así: a fuerza de cañones, a fuerza de cuchillos; a sangre y fuego.

Oyéndolo, la duquesa se decía: "Es un criminal,
pero hay en él cierta inocencia. Soy yo tan culpable
como él de la muerte del duque. Y, sin embargo, soy al
mismo tiempo inocente también. Pero si todos somos
inocentes, ¿de dónde viene el crimen? ¿Quién lo fragua
y dónde y para qué?" Miraba a Rómulo con rencor y
Rómulo continuaba:

—Yo tenía muchas ideas que, entonces, cuando era
joven, consideraba locas y apartaba de mí. Pero de noche volvían. Después, a fuerza de hacerlas callar, llegó
un día en que ya no vinieron más. Así pasaron los años.
¿Cuántos? ¿Quince? ¿Veinte?

La duquesa no lo miraba, pero lo oía. Y pensaba:
"Rómulo ha tomado en serio la vida con la que yo juego. Pero la vida no es la que Rómulo toma en serio. Ni
es tampoco esta otra de la que yo me burlo".

Rómulo añadía:

—Ahora sé ya que aquellas ideas locas eran las úni-
cas que tenían un verdadero valor, porque no nacían en
la cabeza sino en la sangre.

—¿Qué ideas, Rómulo?

¡Ah, ella le escuchaba! Y le preguntaba, aunque no
por amistad, sino por cálculo. Quería saber. Le escuchaba y no le decía que se marchara.

—No es fácil de explicar, pero yo lo veo claro.
Cuando la gente es demasiado desgraciada mira a veces
al cielo, con los dientes apretados de rabia o con los ojos

llenos de lágrimas. ¿Y qué ve la gente? De día la bóveda azul y de noche las estrellas. Las estrellas, ¿oye usted? Y mirando las estrellas, la gente piensa en salir de donde está para ir a un mundo donde las cosas son mejores o son diferentes. Pero ¿sabe qué le digo, señora? Que esas estrellas que vemos están también habitadas y que la gente que hay allí levanta también la cabeza a veces para mirar al cielo igual que nosotros. Y miran aquí, a esta estrella donde vivimos nosotros, y sueñan con que todo aquí es perfecto o, por lo menos, mucho más hermoso que lo que tienen.

La duquesa decía "¡Dios mío!", lo que confundía a Rómulo porque no sabía si era impaciencia, angustia o emoción por lo que estaba oyendo.

—Esa gente que sueña con nosotros tiene razón. Esto que pasa aquí, esto que se está cumpliendo ahora porque nosotros lo llevamos en la sangre, esto que estamos rescatando es lo mismo que ellos están soñando. Lo que nos rodea es tan hermoso como ellos creen.

Los cañonazos volvían a oírse cerca. La duquesa dijo con sarcasmo:

—¿Eso también? ¿La guerra también? ¿La muerte también?

Rómulo vaciló antes de seguir, pero entornando los ojos, de tal modo que parecía que los había cerrado, dijo:

—La gente sueña, en esos mundos, igual que aquí. No falta quien está soñándome a mí. A mí y a usted. A usted y a mí juntos. Yo hablando y usted escuchándome.

Rómulo volvía a tener la expresión iluminada. La duquesa le oía indiferente. Se levantó pensando en la inocencia y en la fatalidad del crimen:

—Sí, Rómulo, todo es grandioso y horrible. Hay un dolor universal al que tú quieres oponerle una tontería que quizás es universal también. Ya ves que te he escuchado y que te he comprendido, Rómulo. Márchate.

Rómulo vaciló, pero acabó por levantarse y dirigirse al baño. Sacó las flores y las fue distribuyendo en diferentes búcaros. Después se fue al ascensor. Al abrir la puerta, la duquesa vio en el fondo, sobre el decorado pompeyano, la estampa francesa y cerró los ojos. Rómulo se dio cuenta y volvió el cuadro de espaldas. Descendió al parque. De aquella visita se llevaba una evidencia curiosa. La duquesa sabía lo que había sucedido con el duque y, sin embargo, no lo acusaba.

Fue a la habitación a donde se había trasladado con Balbina, cerca de la sala de armas.

En la mañana siguiente la duquesa anotó en su diario:

"Poco después de marcharse Rómulo sucedió anoche algo increíble. Esteban vino al torreón. Esteban, el diablo. Estuvo más de dos horas hablando del duque. Decía todo lo que le pasaba por la cabeza y ahora me doy cuenta de que quizás hablaba demasiado, olvidando que era precisamente yo quien estaba escuchando. ¡Oh, Dios! Oyendo a Esteban y aceptando sin protesta lo que decía, yo no hacía sino someterme también a la miseria universal y a la tontería universal.

"Esteban se burla de todo. ¿Cómo es posible burlarse de todo en estos días? Qué raros, los hombres. Él se burla de todo y Rómulo lo admira y reverencia todo. Sería bueno aprender de uno de los dos y, por el momento, creo que aprendo de Esteban. No puede ser de otro modo. ¿Quién puede obligarnos a tomar en serio nada de lo que oímos ni de lo que vemos? ¿Dios? ¿Dios, que ha hecho el mundo como es; Dios, que tolera todo el horror que conocemos y que después de tolerarlo exige de nosotros no sólo la admiración por lo que ha hecho sino la adoración? ¿Cómo rendirse a una divinidad así? Cuando yo le hablé a Esteban de esto él me dijo: «Deja en paz al Señor, que está tan fastidiado en las alturas como nosotros en la tierra. Envió una vez aquí abajo a su hijo y al ver lo que hicimos con él volvió a recogerlo todo ensangrentado, burlado y apaleado y muerto, y desde entonces se pasa la vida diciendo: No, no. Es demasiado. Me hicieron una jugada indecente. Esa gente no es honrada. Y cuando mira hacia la tierra no sabe ya qué hacer. Quizás algún día ha tenido la idea de mandar otro de su familia, algún sobrino lejano, pero no se atreve». Oyéndolo hablar así yo me reía.

”Confieso que cuando se marchó me sentía más fuerte. Creo, como él, que todas las reflexiones morales que nos hacemos en momentos como éstos no son más que disfraces con los que tratamos de encubrirnos a nosotros mismos el miedo físico de nuestra carne. Él me decía: «Prueba a mirar a la muerte de frente y sin miedo y verás que el sentimiento moral y el religioso son innecesarios». Yo creo que tiene razón.

”Pero no puedo menos de preguntarme adónde nos llevará todo esto. Él me ha dicho que a ninguna parte. Que nada lleva a ninguna parte. Es verdad. La idea de haber creído algún día que se podía ir a alguna parte con la propia estimación, la bondad, el bien, la honradez, la nobleza, etcétera, me parece ahora ridícula.”

Aquella noche llegaron noventa y seis hombres de la compañía antitanque y detrás de ellos dos camiones con las colchonetas y las mantas. Los soldados parecían muy jóvenes todos — alrededor de los veinte años —, y tenían una alegría ligera y escolar. La animación fue extraordinaria y convirtió la parte baja del palacio y el parque en un campamento. Algunos muchachos quisieron tomar a broma a Rómulo, pero encontrándolo impasible y dándose cuenta de que ni le ofendían ni le halagaban, lo fueron dejando en paz. Fue Rómulo al garaje, donde estaban los oficiales y uno de los sargentos. Al entrar, Rómulo se dio cuenta de que estaban hablando de él y de que lo que decían no le era desfavorable. Rómulo pensó: "Los milicianos les cuentan cómo entregué al duque". Se callaron en su presencia. El oficial que parecía siempre de mal humor — el teniente Uriarte — hablaba rara vez, pero escuchaba sin perder palabra todo lo que se decía. El teniente Ordóñez preguntó a Rómulo cómo se llamaban los duques y él repitió la historia de los títulos de las dos ramas y el equívoco de llamar al duque "duque de Arlanza" cuando no lo era él sino su suegro.

El teniente sonreía, escuchándolo. Le dio un vaso de vino y Rómulo vacilaba en tomarlo, porque instintivamente se daba cuenta de que un poco de timidez ayudaría a consolidar la confianza.

Ordóñez había preguntado a cada uno de los milicianos de la guardia cuál era su oficio, y al saber que Ruiz era relòjero, Ordóñez le dijo:

—Tú no tienes cara de relojero.

Rómulo no comprendía que acabaran de conocerse y que se tutearan de aquella manera. Ordóñez le pareció un hombre franco y sin trastienda. El otro oficial le intrigaba más y cuando supo que saldría con la compañía para el frente en un plazo de pocos días se alegró. El teniente Ordóñez, que no era teniente sino capitán — lo habían ascendido y no había cambiado sus insignias todavía —, era el jefe de aquella escuela. Había sido herido y acababa de salir del hospital. Consideraban aquel destino tranquilo y se lo habían dado para que acabara de reponerse.

Llegó un cabo diciendo que los soldados preferían todos una misma sala y que había problemas de orden para acomodarlos. El cabo tenía modales suaves y mucho pelo.

—Éste — dijo el capitán cuando se hubo marchado — es comunista y tiene la manía de los letreros. Si no andamos con ojo, en menos de una semana la casa estará llena de carteles y rótulos.

Uno de los sargentos soltó a reír sin decir nada y el capitán lo miró de reojo:

—¿Qué? ¿Ha puesto alguno en los dormitorios?

—Dos — dijo el sargento —. Los traía ya hechos en

grandes tiras de tela. Uno de ellos dice: "Más vale morir de pie que vivir de rodillas".

El capitán chascó la lengua con disgusto:

—Eso es bonito, pero no puedo con esa literatura romántica. Hay que evitarlo. La vida y la muerte son cosas serias, para hombres cabales, y de eso no se habla en mi compañía. Además, trae mala suerte.

Preguntó a Rómulo:

—¿Y usted? ¿Es socialista?

Rómulo fue cogido de improviso. Ruiz intervenía:

—De la misma central sindical que yo.

—¡No me digas que es también relojero!

Fuera se oían los cañones disparando con un fuego más denso que otras veces. Callaron todos escuchando y Ordóñez dijo:

—Al fin vamos teniendo una artillería decente.

El capitán fue hablando en serio: "El trabajo de estos muchachos que estamos instruyendo es una experiencia completamente nueva en la guerra". Añadía el oficial que hoy, como en tiempos de Aníbal, el soldado, el elemento humano, era decisivo, con máquinas o sin máquinas. Rómulo preguntó:

—¿Dónde van a hacer la comida de la tropa?

—Hay una cocina de intendencia con servicios ambulantes que nos la enviará cada día.

Rómulo respiró tranquilo.

El día siguiente amaneció frío y ceniciento. En el cielo gris los cañones parecían disparar con silenciadores y los estampidos llegaban amortiguados. Un instante, la duquesa tuvo la ilusión de que los suyos habían roto las líneas y entrado en la ciudad. Llegó a pensar que las voces de mando que se oían abajo sonaban a ejército regular y podían corresponder a un destacamento de tropas fascistas. Se asomó por la ventana entreabierta y vio entre dos árboles un gran letrero pintado sobre tela blanca con letras rojas: "Ayudad a los soviets chinos". En el alféizar de la ventana veía otra vez el reflector.

Comenzaba a lloviznar y los milicianos que andaban por el parque se acogían a la portería o a la casa. En la antigua vivienda de Rómulo se hacinaban más de cincuenta voluntarios esperando los papeles para incorporarse a las unidades de destino. Rómulo iba y venía por el parque y se refugió bajo la marquesina de entrada al palacio. La arena fina del parque era en aquel lugar más amarilla que nunca y bajo el gris del cielo y el aire húmedo parecía también más luminosa. Algunos soldados se habían cobijado allí también. Otros pasaban corriendo bajo la lluvia. Rómulo oía frases sueltas, trozos de diálogo incongruentes:

—Lo que yo digo es que no me metería dentro de un camión blindado.

Otro cantaba a media voz: "Que llueva, que llueva, la Virgen de la Cueva". Un cabo blasfemaba riendo y añadía:

—¿Tú crees que los blindajes son de merengue?

Alguien que tenía aspecto de campesino llamaba:

—¡Cabo García!

La voz tenía un poco de eco en el extremo del parque, donde estaban los lavaderos: "... García!" Rómulo pensaba demasiado en el duque desde hacía tres días. Reconstruía en su imaginación el fusilamiento y se detenía en pequeños detalles: "¿Les atarán verdaderamente los pies a los que van a ser fusilados?" Rómulo tenía la impresión de habérselos atado al duque él mismo. La lluvia seguía cayendo dulcemente. Los cristales de la alta marquesina rectangular, que formaban una visera blanca sobre la entrada, a la altura del primer piso, proyectaban sobre Rómulo y la arena amarilla un halo de luz clara. Y Rómulo, con las manos en los bolsillos del pantalón (una actitud que en tiempos de los duques le estaba prohibida), se decía que podía ir a ver a la duquesa a cualquier hora "antes de las once".

La noche se presentó oscura y sin luna. Poco antes de las nueve, Rómulo cruzaba el parque cuando se sintió arrojado al suelo por una cadena de explosiones. Era como si el cielo se desgajara sobre él. Quedó en tierra unos segundos, oyó los aviones alejarse y, cuando se levantó, vio la mitad del parque sumido en una densa nube de humo y polvo. Un poco antes de las explosiones, el reflector de la ventana del torreón se había encendido. Iluminó la casa de Rómulo, el parque, la bandera sobre el tejado. El reflector se apagó en el mismo momento de las explosiones, roto quizá. "Pero — pensaba Rómulo — ese reflector ha podido ser visto por algún miliciano, como lo he visto yo mismo." Del rincón donde antes estaba la vivienda de Rómulo salían gritos de dolor. Fue al palacio en busca de los oficiales, que se habían retirado con los soldados a los sótanos, cuando sonaban las sirenas de alarma. Observó al pasar que todos los cristales de la planta baja estaban rotos y vio impactos de metralla en la puerta principal, en cuya arquería de piedra había también dos profundas grietas. La nube de polvo y humo que envolvía al parque iba siendo arrastrada por una ligera brisa que la llevaba hacia el centro de la ciudad.

Los oficiales, los soldados y Rómulo se acercaron a la puerta del parque, que había sido arrancada de los goznes. Vieron al lado la casa de Rómulo convertida en un montón de ruinas. De los escombros salía humo, un humo denso y maloliente. El centinela que estaba de servicio en el momento de la explosión era Estradera y se acercaba con el rostro cubierto de sangre. Señalaba el torreón y decía:

—Desde allá han enviado "un chorro" de luz.

Cuando Estradera acabó de decirlo cayó al suelo sin sentido. El capitán Ordóñez le había oído. Llevaron al herido al hospital más próximo. El capitán, viendo que los soldados penetraban entre las ruinas, dijo:

—Cuidado, que puede haber alguna bomba sin estallar.

El primer herido que sacaron de entre los escombros

dijo que los aviones habían arrojado bengalas antes de soltar las bombas. Rómulo se agarró a aquella nueva versión y dijo que también él había visto las bengalas. Parecía que todos aceptaban las bengalas como un hecho más natural y posible. El herido dijo que bajo las ruinas debía haber unos cincuenta hombres. Rómulo no podía imaginar que entre ellos iba a aparecer el cuerpo de su mujer muerta. Estaba destrozada, con el rostro y el cabello quemados y al tratar de levantarla se doblaba por todas partes, como si no tuviera huesos. Rómulo oía hablar a su alrededor, pero él estaba solo, frente a aquel cuerpo, con la linterna de bolsillo encendida. Un soldado se lo quería llevar de allí, pero Rómulo se negaba. Entre él y el cuerpo de Balbina, la mirada se quedaba cuajada en el aire de la noche, denso y entrecortados a veces por el cruce de las frías ráfagas de las otras linternas eléctricas. Rómulo estaba diciendo cosas sin sentido, con la imagen de la duquesa en la imaginación y la voz de Estradera en los oídos: "Del torreón ha llegado un chorro de luz". Él lo había visto tan bien como el centinela. El capitán le dijo que llamara al puesto de socorro del distrito pidiendo ambulancias y Rómulo fue al teléfono. Cuando volvió al parque no encontró al capitán. Lo buscó por todas partes en vano. Tuvo miedo de volver a encontrarse delante del cuerpo de su mujer, percibió un apresurado desorden y, retrocediendo, volvió a entrar en el palacio y buscó a tientas un sillón, en el que se dejó caer. La posibilidad de ver otra vez aquel rostro quemado de Balbina con el cabello ardiendo le espantaba. En la inmovilidad del sillón las impresiones se iban acumulando y parecían abrumarle, pero, quizá como una defensa natural de sus nervios, llegó sobre él un sueño más fuerte que su terror y se quedó dormido. Media hora después el frío lo despertó. Se levantó entumecido. En la cocina había un grupo de soldados haciendo café. Del parque llegaba el zumbido de los motores de las ambulancias. Rómulo se decía, esperanzado: "Quizá se llevarán ese pobre cuerpo antes de que yo salga". Las ráfagas de los faros pasaban a veces por las vidrieras rotas y, como los encendían y apagaban rápidamente, para orientarse en la oscuridad, parecían explosiones silenciosas. Oía llamar al capitán Ordóñez. Se asomaban los soldados al vestíbulo y gritaban su nombre en vano. Rómulo se decía, sin darse cuenta: "Todo es nada en la vida". Pero la vida era un lío de viceversas y podía decirse lo contrario también. Cualquier cosa, lo más insignificante, es todo en la vida. Trataba de explicarse su indiferencia frente a la catástrofe, pensando que en cualquier momento podían volver los aviones y que el peligro en el que seguía estando él mismo daba a la muerte de Balbina y de los otros una calidad en la que lo trágico se atenuaba.

Necesitaba ir cuanto antes al torreón, pero el movimiento en el parque aumentaba y no se atrevía a alejarse. Además, después de las once la duquesa le había prohibido ir. Y aquella prohibición mantenía toda su importancia en medio de la hecatombe. Rómulo se dijo: "Iré en cuanto pase un poco la confusión". Trataba en vano de explicarse lo sucedido en el torreón para que el reflector se encendiera como se había encendido, y parecía resolverlo todo con la siguiente conclusión: "Con la luz y sin ella hubiera pasado lo mismo". Tenía la imagen de Balbina constantemente en la imaginación, aunque no pensaba en ella. Y se decía, tratando aún de explicarse los hechos: "Esta noche no han cortado la luz eléctrica al oírse las sirenas de alarma". Si la hubieran cortado el reflector no se habría encendido y, en ese caso, el enemigo no habría visto la bandera republicana flotando sobre la portería, aunque los aviones no necesitaban saber que se trataba de un establecimiento militar para bombardearlo.

Pero suponiendo que la culpa de todo la tuviera el reflector, alguien lo había encendido. Y Rómulo se preguntaba: "¿Puede la duquesa haber hecho eso? ¿Y por

qué?" No podía seguir pensando porque se le interponía
el cadáver de Balbina y Rómulo erguía un poco el pecho
para poder respirar mejor y se decía a sí mismo: "Quizá
la pobre Balbina no se ha dado cuenta. No ha sufrido".

Salió al parque. Habían extraído de las ruinas vein-
tiocho muertos y seguían trabajando. Los soldados repe-
tían aquella cifra asombrados y dolidos. Trabajaban en
las sombras, mirando al cielo de vez en cuando, con una
calma recelosa. Rómulo preguntó por Estradera y le dijeron que seguía en el hospital, pero que sus heridas eran
superficiales y sin importancia. Un soldado bromeó:
"Parece que ese compañero tiene la cabeza dura".

Poco después, Estradera volvió, con la cabeza vendada. Rómulo le preguntó desde dónde había visto llegar la luz sobre el parque, pero él, dándose cuenta de
que había discrepancias y de que quizás él mismo no estaba muy seguro de que fuera un reflector o fueran bengalas, se encogió de hombros. Cuando Rómulo vio que
la mayor parte de los muertos y los heridos—incluyendo
entre los primeros a su mujer — habían sido evacuados,
subió al torreón. A medida que se acercaba iba sintiéndose más alarmado, sin saber por qué. No podía imaginar un peligro concreto y, sin embargo, revisó su pistola
al comprobar que el repostero que cerraba la entrada
de las escaleras estaba arrancado por una esquina. Cuando llegó a la puerta oyó dentro hablar a media voz.
Se lanzó adentro. Vio a la duquesa de pie en el centro
de la habitación. Siguiendo la dirección de su mirada,
Rómulo encontró casi detrás de la puerta al capitán
Ordóñez, caído en tierra, respirando con dificultad y tratando de incorporarse con movimientos imprecisos. Tenía todo un lado del rostro cubierto de sangre. La duquesa decía, con una voz impasible:

—¡Cuidado, Rómulo!

Rómulo miraba a la duquesa y después al herido.
Ella seguía hablando con una voz demasiado tranquila
para que su serenidad fuera cierta:

—Va a gritar, quizá. Va a levantarse aún. Y lleva un arma.

Rómulo se inclinaba hacia el herido, que parecía no darse cuenta de nada. Tenía el capitán un arma en el costado y no hacía nada por defenderse. Rómulo puso una rodilla en tierra y trató de incorporarlo:

—Capitán Ordóñez...

Al mismo tiempo, oía hablar a la duquesa:

—Yo no he disparado, Rómulo.

La duquesa hablaba fríamente, sin el acento apenado del que se excusa. Rómulo se decía: "Pues si no ha sido ella, ¿quién?" Miró a la puerta del dormitorio, con la impresión de que allí dentro había alguien. La sorpresa no le permitía conciliar la voluntad con la acción. No sabía adónde acudir. El capitán levantaba la cabeza y miraba a Rómulo sin reconocerlo. Se llevó una mano a la sien, se rascó sobre la misma herida y salió la sangre en mayor cantidad. El herido caía otra vez hacia atrás y Rómulo lo sostuvo piadosamente en sus brazos. La duquesa, bajando la voz, repetía:

—No te fíes, Rómulo. Quítale las armas.

Rómulo dejó al herido en la alfombra, le puso un cojín bajo la cabeza y miró alrededor. Vio en el suelo un casquillo vacío de pistola, lo tomó y comprobó a simple vista que era de un calibre muy superior al del arma de la duquesa. "Si entrara yo ahora en el dormitorio, seguramente me sucedería lo mismo que al capitán." Y sentía una inclinación irresistible a entrar. Pero fue al baño a buscar una toalla. Un desaliento doloroso entorpecía sus pasos, los movimientos de sus manos: "Hay otro hombre, otro que viene en la noche, igual que venía el duque". No sabía dónde estaba el desconocido ni de dónde podía llegar el ataque. No encontró a nadie en el baño. Mojó una toalla y volvió al lado del herido. Vio que éste había cambiado de posición, estaba boca abajo y parecía no respirar. Rómulo lo volvió suavemente boca arriba y dijo a la duquesa:

—Creo que ya no vive.

—¿Estás seguro?

Rómulo ponía su mano sobre el corazón del capitán, puso después su oído.

—Ha muerto.

La duquesa decía, con un acento suplicante:

—Entonces, Rómulo, por favor, sácalo de aquí. Lleva ahí más de tres horas desangrándose.

Sin contestar, Rómulo comenzó a obedecerle. Pudo ver que las flores de los búcaros resultaban tan luminosas como él había pensado. No sabía Rómulo exactamente cómo sacar de allí aquel cuerpo. Fuera sonaban las sirenas de alarma otra vez. Rómulo había pensado en el ascensor, después en el parque. Después — aún — en los hornos. Las sirenas de alarma seguían sonando. "Si salgo con este cuerpo a la espalda van a verme. Seguramente van a verme." Siempre hay un hombre mirando al que trata de hacer desaparecer un cadáver. El raid de la aviación quizá podía ayudarle. "Ese hombre que podría verme estará durante el bombardeo escondido en algún sitio para evitar las bombas." Como las alarmas no solían durar mucho se dispuso a aprovechar el tiempo. Se oían las primeras ametralladoras antiaéreas. Envuelto en aquel estruendo ya familiar tomó el cadáver, cargándolo a la espalda, y se acercó a la puerta del ascensor. Veía a la duquesa ir y venir buscando algo y se detuvo. Ella le dijo apresurada:

—Habría que limpiar esas manchas.

Se veía la sangre sobre la alfombra. Tomó ella la misma toalla que había sacado Rómulo del baño, volvió a dejarla. Sin saber qué hacer, sacó un ramo de flores de un búcaro y, al principio con las hierbas de esparraguera que las envolvían y después con el ramo entero, trató de suprimir aquella terrible evidencia. Rómulo le dijo, entrando en el ascensor:

—Déjelo. Yo lo haré.

Pero ella seguía, nerviosa, sin oírle. Rómulo oyó un

pequeño sollozo y volvió la mirada. No era la duquesa.
Le hubiera gustado que fuera ella, pero la duquesa ya no
estaba allí. Había sido el cuerpo del capitán, cuya caja
torácica, al ser oprimida contra el hombro del jardinero,
dejó salir el aire que había en los pulmones.

El ascensor comenzó a bajar y, de pronto, se detuvo
entre los pisos segundo y tercero. Habían cortado la
electricidad. Rómulo seguía en pie, esperando en la oscuridad que pasara la alarma y volviera el fluido, pero
éste tardaba y, después de dejar cuidadosamente el cuerpo del capitán en el suelo, se sentó.

Rómulo estuvo en el ascensor, en aquella misma actitud, toda la noche y casi todo el día siguiente. Por un
azar incomprensible no volvían a dar la luz y Rómulo
permaneció en aquella macabra clausura cerca de veinte
horas, pensando: "El que ha hecho todo esto está arriba.
Sigue allí, con la duquesa. ¿Quién es? ¿Y por qué ella le
permite que venga a ensangrentar sus alfombras y a es-
parcir la muerte desde su ventana?" Quería recordar las
relaciones de la familia de la duquesa y entre ellas encontraba jóvenes que nunca le parecieron capaces de hacer cosas como aquélla. "Al contrario, se diría que parecían suaves como mujeres." Sabía que no acertaría
nunca con la imagen del que se quedaba arriba. Recordaba la pequeña pistola guarnecida de nácar y oro, recordaba la luz amarilla del tapiz, recordaba el cuerpo
del capitán, como si no lo tuviera allí delante. Recordaba, también, los grabados licenciosos en aquellos libros
lujosamente encuadernados. Lo recordaba todo, menos
el cuerpo destrozado de Balbina.

No conseguía imaginar al visitante de la duquesa, y
Rómulo se repetía una y otra vez: "Él está arriba con
la duquesa y yo aquí encerrado con su víctima. Encerrado con un muerto". Porque el capitán ya no era "el
capitán Ordóñez", sino "un muerto". Oía, sin embargo,
las últimas palabras del capitán en la puerta del parque
después del bombardeo: "Cuidado, que entre los escom-

bros puede haber bombas sin estallar". Rómulo tenía sed y hambre, sobre todo, sed. Ya entrado el día, se encendió de pronto la luz y el ascensor siguió bajando. Cuando se detuvo abajo con un golpe blando, Rómulo oyó voces fuera y no se atrevió a salir. "Si tuviera la suerte — se dijo — de que esta noche hubiera otro bombardeo en las inmediaciones del palacio, todo sería más fácil." Porque se daba cuenta de que hasta la noche no debía intentar salir.

El bombardeo llegó antes de las once. En la confusión, las cosas eran como él las había esperado. Cuando pasaba por el parque con el cadáver a cuestas, el bombardeo alcanzaba su mayor intensidad. "Si tiran demasiado cerca — pensó —, el cuerpo de este pobre hombre me puede servir de protección." Pero cuando llegó a los hornos y fue a arrojar el cadáver al fuego, tuvo una sospecha. Quizás el misterioso visitante era el mismo capitán y por una serie de circunstancias que no comprendía había llegado a morir a manos de la duquesa. Olvidaba algunos detalles por los cuales podía haber comprobado fácilmente que aquello era imposible. Se disponía a arrojar el cuerpo a los hornos. El fuego no era bastante fuerte. Dejó el cuerpo en tierra, echó más carbón y abrió de par en par los respiraderos. Se formó en seguida una corriente de aire y, cuando el fuego parecía reavivado, volvió a tomar el cuerpo del suelo y lo alzó con grandes dificultades, hasta hacerlo entrar. Al caer se extendió y quedó acostado, cubriendo a lo largo toda la capa de carbón encendido. Todavía echó Rómulo sobre él varias paletadas más y después cerró lo mejor que pudo la abertura superior con la compuerta metálica. Para que no hiciera ruido puso un pie como amortiguador y lo sacó con una fuerte contusión.

Cuando se disponía a marcharse vio que el cadáver había perdido uno de los zapatos. Al mismo tiempo, Rómulo recordó que en la alfombra de las habitaciones de la duquesa aparecían a veces huellas de zapatos masculinos y se le ocurrió la idea de guardar aquél y comprobar—si tenía ocasión—sus dimensiones con las de aquellas huellas. Aunque esta decisión le pareció estúpida en cuanto acabó de formulársela, guardó, sin saber por qué, el zapato consigo.

Regresó diciéndose: "He estado encerrado en el ascensor casi veinticuatro horas, durante las cuales los soldados me han debido echar en falta". Era un plazo demasiado corto o demasiado largo para justificar la ausencia. "Puedo decir que he ido a hacer alguna diligencia en relación con el cuerpo de la pobre Balbina." No pensaba nunca en su mujer, pero debajo de todo lo que hacía y decía estaba ella presente. No quería pensar en ella porque le dolía demasiado aquella imagen rota con el pelo ardiendo. Volvió a la cocina a beber agua. Sintió un sudor copioso después de haber bebido el segundo vaso y fue subiendo al torreón. Antes de entrar en las habitaciones de la duquesa dejó el zapato del capitán en la escalera, pareciéndole sin fundamento la sospecha y ridícula la comprobación.

No encontró a la duquesa. Rómulo pensó, viendo flores rotas y deshechas en la alfombra: "Las huellas de sangre eran bastantes para obligarla a salir de aquí. Debe estar en el piso tercero". Fue bajando y tropezó con el zapato, en las sombras. Volvió a tomarlo y antes de entrar en las habitaciones del tercer piso lo arrojó otra vez y lo oyó rodar por el tramo que descendía al piso segundo. La distribución de las habitaciones era la misma, pero el decorado diferente. Dominaban los tonos rojo y amarillo y había, en el lugar que correspondía al tapiz de Goya, un Zurbarán. Era un cuadro sombrío. Había un santo con cara de ahorcado, sobre un fondo de una sencillez alucinante. Al pie del santo, una calavera que, en las sombras, parecía luminosa. En aquellas habitaciones las cortinas tenían la corona ducal y los divanes y sillas estaban tapizados de un modo detallista y minucioso.

No estaba la duquesa en el vestíbulo, pero oyó a Rómulo desde el dormitorio y salió.

—¿Qué haces, dónde estás, por qué no viniste ayer?

Los dos callaban. Ella miraba alrededor como si la molestara todo: los muebles, el cuadro de Zurbarán, el aire.

—No me gustan estas habitaciones — dijo —. La idea de estar tan cerca de las de mi madre me molesta.

Rómulo pensó: "Me habla como si no hubiera pasado nada".

—Venga al sótano — propuso —, al lado de la sala de armas.

—¿Vives tú allí con Balbina?

Rómulo la miró de frente, sin contestar. Ella no comprendía. En los ojos de Rómulo vio como una inmensa recriminación.

—¡Balbina! — dijo Rómulo gravemente, y sonrió con amargura.

La duquesa pareció darse cuenta:

—Rómulo, yo no tengo la culpa. Pero así y todo, te pido que perdones a quienes pueden tenerla. Que los perdones por mí.

Él observó en el acento de ella una firmeza nerviosa, que desentonaba un poco de su habitual manera de hablar. La duquesa solía decir ligeras vaguedades con un acento sin energía alguna, como con una atenta indiferencia. "Habla de otra manera — se dijo —, y ella misma parece otra persona." Añadió en voz alta con una expresión grave:

—Los muertos son quienes tendrían que perdonarlos.

Del parque llegaba olor de polvo, de trilita quemada y de humo. Añadió Rómulo, después de una pausa llena de gravedad:

—La muerte de Balbina es lo que más les ha impresionado a todos. Quizás usted no sabe que la pobre se pasaba la vida llorando y rezando por usted.

La duquesa preguntó con un humor extraño:

—¿Continúas aún en el mejor de los mundos?

Rómulo se daba cuenta de que era difícil contestar, pero dijo:

—Sí, señora.

La duquesa se llenaba de una fría curiosidad agresiva:

—Si es así, Rómulo, tú no sientes la muerte de tu mujer.

Rómulo creía no haber comprendido.

—¿Que no la siento?

—Atrévete a decir la verdad — insistía la duquesa.

—¿Yo?

La duquesa vio que estaba desorientado, y añadió:

—Hay dentro de ti algo que se queda frío e indiferente con la muerte de tu mujer.

En las sombras del cuarto se encendían los ojos de la duquesa. Nunca había visto Rómulo sus ojos tan brillantes.

—Y más adentro aún, más adentro aún de ti, hay algo que se alegra.

Rómulo no acertaba a decir nada. Tan inesperadas eran las palabras de la duquesa. Ella añadía entre dientes, dirigiéndose a sí misma:

—Hay el dolor universal y la tontería universal, pero hay también la miseria universal.

Rómulo decía, por fin:

—Yo creo que la señora se equivoca.

Ella continuaba:

—Llevabais más de diez años casados.

—Diecisiete años, señora — rectificaba Rómulo.

La duquesa estaba muy locuaz:

—Te ligaba a Balbina una costumbre de cada día. Y nada más que esa costumbre. Vivir con ella, sin quererla resultaba a veces cuesta arriba, ¿verdad?

No le quitaba la mirada de encima. Se oían voces lejanas. Eran los soldados trabajando en el parque. Y seguía:

—Diecisiete años viviendo con ella, es decir, no viviendo de ningún modo. Diecisiete años de tu vida perdidos.

—¿Perdidos? — preguntaba él, sin acabar de comprender.

Ella seguía hablando, con un acento de acusación:

—Sí, los mejores de tu vida. Toda tu juventud. Pero ahora las cosas son diferentes. No es que tú te alegres de su muerte por su misma muerte.

Hacía una pausa, pero Rómulo no decía nada por no romper el hilo de aquella locuacidad que le parecía un homenaje y que, sin embargo, le inquietaba, como si encerrara un peligro. Ella seguía:

—Yo sé que eres incapaz de desearle a ella ningún mal y que si estuviera en tu mano evitar lo que pasó, lo hubieras hecho arriesgando tu vida.

—Eso es verdad.

Volviendo al acento duro de sus primeras palabras, la duquesa añadió:

—Ella ha muerto y todo es diferente, ahora. Ya no es la que era. Teniendo delante de ti a tu pobre mujer muerta, te encuentras con la sorpresa de que puedes no sólo respetarla sino quizá verla como a un ser superior.

La inquietud de Rómulo se convertía en recelo y alarma. ¿Qué le sucedía a la duquesa? Ella seguía:

—Ya no se han perdido esos diecisiete años de tu vida. Ya no has hecho el mal negocio de perder lo mejor de tu juventud. Ese tiempo se ennoblece y cada cosa toma en él un valor nuevo. Ahora te das cuenta de que al lado del dolor natural por la muerte de Balbina tienes derecho a un cierto sentimiento de felicidad.

Rómulo parecía desconcertado. En las sombras del cuarto había ángulos duros. Ella seguía siendo otra y decía:

—Yo sé que es verdad y no tienes que avergonzarte por eso.

Rómulo se decía: "Me habla así porque se siente en

delito. Necesita hablar tanto y decir extravagancias porque tiene un amante". Esta reflexión hacía subir la sangre a su garganta. Pensaba también que si la duquesa le decía aquello tenía que haberlo sentido ella misma con la muerte del duque. Pero en aquellas profundidades del alma de la duquesa ella no le dejaría entrar.

—Si es como usted dice, no hay nada malo en eso.

—No, Rómulo.

Él se decía a sí mismo en voz alta:

—Sin embargo, en estos tiempos me voy dando cuenta de que detrás de lo más horrible, hay siempre algo amoroso, más fuerte y más alto, que nos salva. Quiero decir que aunque hubiera algo malo en eso, esa maldad no sería nunca la última palabra.

La duquesa seguía sonriendo:

—No. Hay siempre otra maldad mayor. Y después de la más horrible maldad que podemos imaginar no hay razón amorosa alguna, sino una inmensa carcajada.

—¿Quién se ríe?

—Dios.

Rómulo negaba. Insistía en su "razón amorosa que lo salva todo" y la duquesa fingía no comprender. Rómulo añadió:

—Por ejemplo, cuando vine aquí después del bombardeo no veía nada de lo que usted ha dicho. Estaba pensando en lo que acababa de ver abajo. Quiero decir, cuando vine aquí anteayer. Y al entrar, todavía encontré al capitán caído en la alfombra. Pero no es preciso repetir cómo han sucedido las cosas. Usted lo sabe y a mí me basta que lo sepa usted. Entré y la vi. Y vi también ese valle soleado del tapiz, del tapiz que hay arriba. Y todo cambió, todo fue diferente. Desapareció la sangre, el espanto y la miseria del parque.

—¡Ah, ya veo! — y añadía ella desviando el diálogo —: Entonces, ¿comprendes que puedes alegrarte de la muerte de Balbina?

Él vacilaba. Aquellas palabras eran demasiado fuertes y le soprendían, y no se acostumbraría a ellas nunca. Pero dijo:

—Aunque le comprendiera, señora, habría otras cosas que no podré entender en toda mi vida.

—¿Qué quieres decir?

—Que no comprenderé nunca por qué razón sigue habiendo alrededor de usted personas empeñadas en perderla.

La duquesa callaba y Rómulo siguió:

—Si no se tratara más que de salvarla a usted de los riesgos de los "rojos" yo sé que todo sería fácil, pero cada vez que vengo al torreón siento en el aire la presencia de peligros mucho mayores. ¿Cómo salvarla de ellos? ¿Cómo salvarla de sus amigos?

La duquesa volvió a su indiferencia:

—Si yo quiero comprometer mi vida, tú no tienes que hacer más que una cosa: bajar la cabeza y callar. Si eso no te gusta, puedes denunciarme a los tuyos.

Rómulo pensaba: "No da ningún valor a mi protección, ni lo daría a la protección de nadie". Preocupado por la cremación del cuerpo arrojado a los hornos, ponía de vez en cuando la mano en el radiador. Al hacerlo, tenía en la expresión un gesto de secreta duda. La duquesa lo miraba nerviosa. Rómulo, después de palpar el radiador por cuarta vez, torció el gesto y dijo:

—Así como los vivos defendemos nuestro calor, los pobres muertos defienden su frío.

Volvía a poner la mano en el radiador. La duquesa evitaba mirarlo y Rómulo decía:

—Deje de una vez la señora estas habitaciones del torreón. Venga a los sótanos, donde las ventanas no están rotas. O vaya a las buhardillas, en donde no la encontrarían nunca. Hay allí un lugar bastante cómodo por donde pasa el tubo maestro de la calefacción.

Y como la duquesa no decía nada, Rómulo creyó estimularla diciendo:

—Sea la señora razonable.

Ni las habitaciones del sótano ni las buhardillas tenían acceso directo desde la calle. La duquesa lo sabía muy bien.

—Hay una diferencia — dijo — en nuestra manera de ver lo razonable.

—Palabras — dijo desdeñosamente Rómulo, y enardecido por sus libertades añadió —: No somos diferentes sino en el ser una mujer y un hombre.

Viéndolo levantarse y acercarse, la duquesa miró la pistola de nácar que estaba encima de la consola y pareció medir el espacio que la separaba de ella. Rómulo se acercó a la mesa, tomó tranquilamente el arma y volvió a guardársela en el bolsillo. Debajo de su calma había nervios contenidos y a sus ojos salía la violencia de aquel peligro entrevisto y de aquel arma: "Tiene un amante", se decía, exasperado.

—Sólo en el ser usted una mujer. Una mujer — repitió bajando la voz —. Yo la conozco a esa mujer. La he visto. El hombre la ha visto y se la ha llevado en los ojos para siempre. Por los ojos le ha entrado hasta la medula de los huesos esa mujer. La lleva ya consigo, despierto o dormido. Con todo lo que ella es y piensa. Con todo lo que dice y lo que calla. Tal como es. Yo la he visto y la estoy viendo ahora. Yo, yo; un hombre. Sí, un hombre, yo. Desnudo, soy un hombre como la señora es una mujer. Voy a la piscina y me desnudo y si quisiera nadar, nadaría. Y leo el libro ese del Rey y la Reina. Dentro de mí soy un hombre. En mi pensamiento, en mi voluntad, en mi sangre, soy un hombre. Me ve usted, ¿no? Míreme bien si no me ha visto. Míreme como a un hombre y no como a un fantasma. Y míreme como lo que es usted: como una mujer.

Rómulo avanzó más y ella retrocedió:

—Yo no soy una mujer, Rómulo.

Rómulo se repetía: "Tiene un amante". Alargó la mano y alcanzando el hombro de la duquesa, con un solo impulso del brazo le arrancó el gabán. Del interior del gabán de pieles salió ella con el torso desnudo. Llevaba los pantalones azules de un pijama, pero los senos, la espalda, desnudos. Rómulo retenía el gabán en la mano y seguía avanzando y arrastrándolo. La duquesa cruzó los brazos sobre su pecho. Rómulo dijo, percibiendo aquel pudor como un homenaje:

—Si no es una mujer, ¿por qué se cubre? No se cubra. La conozco ya. ¿Por qué se cubre ahora y no se cubrió aquel día?

Avanzaba aún y ella retrocedía. La duquesa fue dejando caer los brazos. Parecía un ídolo de marfil. Rómulo parpadeó decepcionado, pero mirando los senos descubiertos y herido por el impudor, dijo:

—Sí, así es mejor. Yo he visto antes su cuerpo y es de esa carne y de esos ojos que ahora tienen miedo y antes se burlaban, de donde sale la luz que lo hace todo más hermoso aquí que en los otros mundos. En esos mundos nos sueñan. A usted y a mí. A mí también me sueñan. A mí, que la veo ahora desnuda.

Rómulo la miraba con sus ojos brillantes y su voz temblaba. Ella balbuceó:

—Tengo frío.

—¿No le queman mis ojos como brasas en la piel? ¿No son ojos de hombre los míos, quizá? ¿Es por eso por lo que no se cubre los senos con las manos como hizo antes?

La duquesa parecía temblar. Dos o tres veces hizo el ademán de cubrirse, pero siguió con los senos desnudos mirando a Rómulo a los ojos fríamente, inexpresivamente. Rómulo veía en ella sólo una estatua. Y la veía confusamente. Fue hacia ella, o se apartó de ella — no podría decir exactamente si se acercó o se alejó—y tropezó con una lámpara y con la esquina de un mueble.

—¿No le queman mis ojos? — repetía —. ¿El calor de mi sangre no llega hasta usted?

Ella no decía nada. Lo miraba, lo oía y no contestaba. Rómulo le arrojó el gabán. Ella se lo puso, hundió en las pieles la cabeza, se dejó caer en un diván y cerró los ojos. Rómulo decía con la voz ronca:

—Pero si nos sueñan y nos adoran, nosotros tenemos que merecerlo siendo verdaderamente lo que somos. Usted, una mujer. Yo, un hombre. Siéndolo del todo y hasta el fin.

Ella no lo miraba. Ni lo escuchaba al parecer. Después de un largo espacio en silencio, Rómulo llegó a pensar si ella se habría dormido — tenía la cabeza baja y los ojos cerrados —. Rómulo dijo más tranquilo, entre dientes:

—Míreme, o por lo menos, óigame. Todo el peligro, toda la inseguridad, vienen de una sola cosa: de que la señora no me escucha a mí. Si las sospechas se concentran sobre las palabras del centinela que habló de "un chorro de luz", la señora está perdida. La matarán. Y si la matan, el mundo entero, ¿oye la señora?, el mundo entero estará perdido también.

Volvía a excitarse. Ella sonreía con los ojos. Rómulo no comprendía aquello. La duquesa estaba allí, pero aquella sonrisa de los ojos se la llevaba lejos. En su imaginación veía ella otras cosas y reía por las cosas de su imaginación que Rómulo no alcanzaba. Pero ella habló:

—Todos estamos perdidos. ¿Y qué?

Rómulo veía la lámpara central del cuarto, que tenía figuras de plata en los tres ángulos, como sirenas, con los senos firmes y erguidos en cuyas combas había luz, lo mismo que en las de los senos de la duquesa. Rómulo pensaba, respirando con dificultad: "Tiene razón. Lo he estado siempre. Diecisiete años de mi vida perdidos. Los mejores de mi juventud. Quizá todo el mundo pierde su juventud, es decir, su vida. Pero algunos la rescatamos. Eso no quiere decir que cuando yo oía, hace veinte años, aquella voz y no quería escucharla, no estuviera cometiendo un crimen, el mayor crimen". Lo que decía Rómulo a la duquesa era:

—Querría hacerle una pregunta.

Ella no contestaba. Rómulo, viéndola muda y triste, se avergonzaba de sus violencias, pero insistía:

—Querría saber quién fue el que mató al capitán.

La duquesa no contestaba. Después de un largo silencio, dijo:

—¡Qué horror tener que seguir aquí!

Realmente, desde hacía cuarenta y ocho horas, todo parecía ser poco a poco invadido por las larvas de la locura. Rómulo dijo:

—Si quiere marcharse de Madrid y de España, piense qué es lo que se puede hacer y cuente conmigo. Iremos juntos.

—No. Eso, no.

—Pues irá usted sola.

La duquesa negaba con la cabeza:

—No creo que tú hagas nada para ayudarme a salir de aquí.

Rómulo oía otra vez las voces de su juventud. Oyéndolas, Rómulo volvía a tocar el radiador, calculando por el calor si la incineración continuaba o no. Rómulo dijo:

—No hay nada en la vida que me importe tanto como la seguridad de la señora. Por eso me considero con derecho a preguntarle algo. A preguntarle algo, de hombre a mujer.

—¿De hombre a mujer?

—Sí.

—Pero eso no es posible.

Rómulo se puso pálido. Iba a preguntar algo con un acento amargo, pero en el momento mismo de hablar cambió de palabras:

—Si no es usted una mujer, ¿qué es?

La duquesa dijo:

—¿Yo? Tú lo has dicho antes. Soy un sueño.

Rómulo se acercó más. Ella se levantó otra vez con un gesto de alarma. Rómulo la tomó por la cintura y la apretó contra sí con violencia. La sentía agitarse entre su pecho y su brazo, pero con un esfuerzo inferior al

suyo por retenerla. No podía escapar si él no quería soltarla. Era la segunda vez que la sentía contra su cuerpo
desde aquel día en que ella quiso gritar "su verdad" por
la ventana.

—¿Un sueño? — decía Rómulo.

Ella vio en sus ojos luces amarillas, como en los de
los gatos.

—Suéltame, Rómulo.

—¿Un sueño?

—¡Rómulo! — dijo ella desesperada, mirando a la
puerta del dormitorio —. No estamos solos.

Rómulo la soltó, mirando en la misma dirección. No
veía a nadie. La duquesa se había apartado. Rómulo
avanzaba hacia ella con las manos en el aire, como un
ciego.

—Si no estamos solos, ¿quién es el otro?

Se detuvo al pasar cerca de la puerta del dormitorio.
Quería ir a ver quién era el que estaba allí, si había realmente alguien, pero le contenía aún cierto sentimiento
confuso de respeto por la vida privada de la duquesa.
Se sentó en el diván y habló mirando a la puerta del dormitorio:

—Si no estamos solos, es que hay alguien ahí.
¿Quién es?

Y pensaba: "Cualquiera que sea no merece estar ahí,
porque me oye y se calla. Porque sabe que yo la he des-
nudado a ella, que yo la he abrazado, y se calla". Escuchaba, como si pudieran contestar a sus reflexiones. No
se oía nada. La duquesa había vuelto a sentarse, a cerrar
los ojos y a esconder su cabeza entre las pieles, pensando: "Es horrible, pero no tiene la culpa él". Rómulo
quería entrar en el dormitorio, pero se daba cuenta de
que aquél era "el dormitorio de ella" y no se decidía.
Ese respeto — pensó de pronto — no era sino una manera de dejarse encerrar en lo razonable. Y él debía ser
fiel al Rómulo de su juventud. Se levantó y fue al dormitorio que estaba en sombras. Iba y venía abriendo ar-

marios. Se le oyó después abrir la puerta del otro cuarto
y entrar en él. En su prisa había una intención agresiva.
La duquesa lo miraba tranquilamente desde la puerta.
Rómulo regresaba:

—¿Dónde está? ¿Dónde está el que encendió el reflector? ¿El que mató al capitán?

Seguía ella callada. Rómulo se acercó más:

—¿Dónde está ese hombre, ese que viene a acostarse con usted por las noches?

La duquesa palidecía, con los ojos encendidos y los
dientes apretados de rabia. Daba la impresión de ser más
fuerte que todo lo que la rodeaba. Pareció renunciar a su
propia indignación y exclamó:

—No puedes dejar de ser quien eres.

—¿Yo? ¿Quién soy?

—Tú lo sabes.

—Sí. Lo sé. Soy un hombre.

Ella callaba. Rómulo la miraba con una ansiedad
muda, pero ella no hablaba. Rómulo repitió sus palabras, pero ahora con un acento deprimido y tímido:

—Un hombre.

La duquesa parecía ir a hablar, pero no dijo nada.
Muy fatigada, se sentó y ocultó la cara entre las manos.
Rómulo creía que lloraba. Si ella lloraba, Rómulo no
podía ya ser duro ni agresivo.

—Perdone la señora.

Unas veces la trataba Rómulo con la fórmula de la
servidumbre — en tercera persona — y otras veces con
el familiar "usted". No se daba cuenta. Ella descubrió su
rostro para que viera Rómulo que no lloraba:

—Estás loco, Rómulo.

Rómulo afirmó:

—Pero quizá no tan loco como usted quiere. ¿No estaba usted convenciéndome de que me alegro de la muerte de Balbina? ¿No quiere que me ría de la catástrofe de
ayer? ¿No quiere que me divierta pensando en mí mismo encerrado en ese ascensor veinticuatro horas con un

muerto? ¿No es eso lo que usted quiere? ¿Y no es eso la locura?

La duquesa, temiendo que Rómulo volviera a exaltarse, habló con un acento suasorio:

—Rómulo, yo no te pido eso.

—¿Pues qué me pide?

—Que seas más fuerte que todas las locuras que nos envuelven.

Rómulo la miraba sin hablar.

—¿Para qué? — preguntó después de un largo silencio.

—Tú sabes que necesito de ti.

—Y ¿no soy tan útil como usted necesita?

—No.

—¿Qué más puedo hacer?

Ella hablaba con una dulzura casi amistosa:

—Rómulo, tú ves lo que está sucediendo. La violencia y el crimen nos envuelven ya para siempre y yo te necesito tranquilo, sereno, capaz de salvarte y de salvarme.

Rómulo sonreía sin hablar. Miraba el cuadro de Zurbarán, y viendo a aquel santo con la expresión extática y contemplando después la calavera que tenía al pie — una calavera con la boca abierta, que parecía estar cantando —, no sabía qué decir. La duquesa, al verlo vacilar, añadió, alzando la voz y mirándolo a la cara:

—Ve a vigilar la calefacción. Mira si todo está en regla. Si queda algún indicio te descubrirán, sabrán en seguida que has sido tú.

Hablaba como si Rómulo fuera el culpable de la muerte del capitán. Por si había alguna duda, añadió:

—Ese asesinato te costaría muy caro.

—¿A mí?

—Sí, a ti.

Rómulo quiso sonreír:

—Pero yo no he sido.

—Con esto no se resuelve nada. El crimen está ahí. Alguien ha sido.

—Sí, alguien ha sido. ¿Quién?

La duquesa lo miraba, sorprendida:

—Espero que no vas a acusarme a mí.

Rómulo no llegaba a comprender.

—Yo pondré la cabeza gustoso en lugar de la suya, señora, si llega el momento de perderla. Pero no la pondré por nadie más.

La duquesa dijo, con un gesto indolente:

—Las culpas son todas mías.

Rómulo negaba:

—Eso no es verdad. No puede ser verdad.

—Es verdad, Rómulo, pero en todo caso, ¿qué importa? Anda y sigue siendo fiel a tu sueño. ¿No hay una razón superior a toda esta sangre, a todas estas ruinas?

—Eso creo.

—Pues márchate y cumple tu deber.

Rómulo se decía: "Quizás el amante, después de lo sucedido, no volverá ya más". La duquesa le seguía ordenando con la mirada que se marchara — sorprendida de que él no le hubiera obedecido ya — y Rómulo comenzó a salir pensando: "No hay flores en estas habitaciones. Las flores se quedaron arriba. Estaban esparcidas y rotas por la alfombra y algunas manchadas de sangre. Eran como las flores funerarias del capitán". Proyectó la luz de su lámpara sobre el cuadro de Zurbarán, en cuya parte inferior la calavera seguía cantando. Dándose cuenta de que se acercaba el amanecer y de que debía salir del palacio antes de que llegaran las primeras luces para llamar por teléfono desde cualquier parte y justificar su ausencia, fue bajando despacio y tropezó en las escaleras con el zapato del capitán, de tal modo que casi se cayó.

Del diario de la duquesa:

"Cuando Esteban apagó anteanoche las luces de la habitación, abrió la ventana y encendió el faro para vengar, según decía, la muerte del duque, yo le dije: «¿Estás

loco?» Él me besó sin contestar. «Van a tirar sobre nosotros, nos van a matar.» Él se reía de mi miedo y decía:
«En todo lo que hacemos hay siempre riesgos y amena-
zas, eso no hay quien lo pueda evitar». El hecho de que
el peligro era igual para nosotros y para los rojos, me
hacía aceptar las cosas mejor. Por un instante tuve la
impresión del suicidio, de derrumbarme de pie entre los
escombros de mi propia casa.

”Después vino ese pobre capitán. Aquello fue peor
todavía. Lo tuve delante horas y horas, hasta que...

”Satán ha dormido arriba, en el cuarto piso. Se ha
marchado, pero volverá.

”Estoy de lleno en el torbellino y las curvas son cada
vez más estrechas. ¿Qué hacer? Él me dice lo mismo que
le decía yo a mi marido: que hay que saber perder.

”Pero me dice otras muchas cosas sobre la crueldad
y la naturaleza divina de la crueldad, que no me atrevo a
escribir.

”La verdad es que hay algo cierto en eso, porque yo
debiera razonablemente recelar de un hombre como él, y
a medida que acumula atrocidades, siento que crece en
mí un sentimiento parecido a la admiración y que es más
fuerte mi confianza.”

La duquesa dejó de escribir y se puso a reconocer
los lugares de aquellas habitaciones nuevas con los que
no estaba familiarizada aún. Vio en la mesa, con los
otros dos libros, el de los *Esiemplos de las Monarquías*.

Siguió investigando. En un armario había un gran
envoltorio de tela. Una veste antigua de color de fuego
se arrollaba sobre sí misma y mostraba forros verdes de
un tejido como el de las ropas talares. Formaba un lío
voluminoso en el que la duquesa puso al principio la mirada distraídamente. “Rómulo *pondrá* la cabeza por mí,
pero no por Esteban, según dice. En todo caso, ¿no es
lo mismo?” Desplegaba aquellas telas. “Es el *túnico verde*.” Le llamaban “el túnico verde” sin saber por qué.
Era el hábito de una orden de caballería desaparecida.

Al desplegarlo cayó al suelo una especie de mantel de brocado que se usaba para tomar la comunión en el lecho en caso de enfermedad. También cayó del interior mismo del túnico verde, y como si éste lo pariera, un alegre tropel de cristobillas de guiñol. Los muñecos rodaron por el suelo y quedaron en las actitudes más curiosas. Eran los cristobillas con los que un viejo mayordomo solía hacerle títeres a la duquesa cuando era una niña. "Si Rómulo ha perdido ya la cabeza, ¿qué más le da ponerla por uno o por otro?"

Había muñecos de todas clases. Se veían uniformes militares, levitas, trajes de campesino, princesas, reinas, mozas de aldea. Había también un juez. Algunos estaban caídos en actitudes humorísticas, con los brazos en cruz o en alto. La duquesa los fue poniendo sentados contra el respaldo del diván. Cuando estuvieron todos allí los miró irónicamente y dijo:

—¿Por qué habéis aparecido aquí y ahora?

Eran como un efecto de magia, de aquella magia que la envolvía. Por cierto que Rómulo, negándose a aceptar todas las responsabilidades, parecía escapar del círculo mágico en el que ella lo tenía. Mirando al juez, recordaba: "El mayordomo que teníamos cuando yo era niña había sido estudiante de cura en su juventud y colocaba a veces latinajos. Solía hacerle decir al juez cuando acababa la función: *Acta est fabula*. La duquesa tomaba otro muñeco: la Reina Hipotenusa. Recordaba que el mayordomo producía una voz grotesca con un tubito de metal en la boca, como suelen hacer los trujimanes en los parques infantiles.

La duquesa guardó el túnico verde en el armario, pero dejó fuera los cristobillas. Los miraba y pensaba un poco melancólica: "Parecen un tribunal".

Mirando a la Reina Hipotenusa, la duquesa recordaba el libro de los *Esiemplos de las Monarquías,* que tenía sobre la mesa y que leía a menudo. Y se repetía: "El hombre es el rey. La ilusión del hombre es la reina. Juntos los dos forman la monarquía que rige al mundo, el universo". Pensando en ese rey simbólico lo materializaba en Rómulo y no en Esteban. Rómulo era el rey. Ella quizás era la reina, la ambición ideal. Iba a reírse, pero vio sonreír a la Reina Hipotenusa, que inclinaba su cabeza grotesca contra el respaldo del diván, y se puso repentinamente seria.

IV

Rómulo salió de la casa por el mismo lugar por donde había acechado un día en las sombras al duque. El silencio y la soledad de las calles le hacían una impresión siniestra. Lo primero que percibió fue que, a medida que se alejaba del palacio, parecía estar más dentro de él y de sus problemas. Estuvo dando vueltas por las calles desiertas hasta el amanecer. Entonces vio una farmacia abierta y entró a llamar por teléfono al palacio. Acudió un sargento. Rómulo le preguntó si había sido necesario en el tiempo en que había estado ausente, y explicó las razones de su ausencia tal como las había preparado. "La próxima vez que tenga que salir — dijo, con el acento del que lamenta algo —, les dejaré las llaves." El sargento lo tranquilizaba y le preguntaba por el capitán Ordóñez. Rómulo se hizo el sorprendido:

—¿No fue destinado al frente?

El sargento no sabía nada. Rómulo dijo que le había oído hablar de un próximo destino a la primera línea.

Yendo después hacia el Viaducto, por el que pensaba bajar a la calle de Segovia, vio detrás de una verja un pequeño jardín y en el centro una estatua de mármol, una Venus cubriéndose los senos también con los brazos. Rómulo sonreía mirándola.

Cuando llegó a casa eran ya las ocho y los soldados de la compañía antitanque habían comenzado su trabajo.

Fue directamente al sótano. Ya en su cuarto, se recostó en la cama, pensando que había olvidado todo lo que había de deprimente en su situación. Oía la batalla a lo lejos: "En este momento hay un soldado que cae". Caer era para Rómulo quedar como había quedado Balbina, con las piernas doblándose en todas direcciones y el pelo ardiendo. "En este mismo instante docenas de hombres están agonizando. ¿Qué importa? Todos combaten por rescatar su vida pasada y perdida y en ese rescate grandioso tiene que haber sangre." Fue al parque y se acercó a los hornos a ver si el cuerpo del capitán estaba completamente consumido, y se encontró con el miliciano taciturno, que le dijo:

—¿Qué ha sido de usted?

Sin esperar respuesta, añadió que el capitán Ordóñez había desaparecido:

—Algunos dicen que se ha debido escapar al campo enemigo. ¿Usted qué piensa?

—No lo creo — dijo Rómulo, evasivo —. Pero yo lo trataba poco y nunca se sabe cuál es la verdadera intención de los demás.

Lo miraba el miliciano con una vaguedad indiferente:

—Lo que yo digo es que no se puede uno fiar de los militares profesionales.

Rómulo no quería decir nada concreto.

—¿Y cuál es la opinión de los otros? — preguntó.

—Hay de todo. Hasta hay uno que dice que ha podido ser asesinado.

—¿Quién lo dice?

—Yo.

El miliciano metió una mano en el bolsillo del pantalón y sacó un pasador con una cinta de dos colores, justamente la condecoración que el capitán solía llevar. La mostraba en la palma de la mano. Por detrás, la cinta tenía una mancha oscura.

—Esto es sangre.

Rómulo dijo:

—Es posible.

El miliciano le mostraba otro objeto: un botón militar.

—¿Lo ve usted? Tiene grabado un castillo. El capitán era del Cuerpo de Ingenieros, y este botón pertenece a su uniforme.

—¿Dónde lo ha encontrado?

—Hace media hora lo recogí en el vestíbulo, cerca de la escalera. — Y añadía —: ¿Qué le parece a usted?

Rómulo se encogía de hombros. Tenía una prisa nerviosa. Quería comprobar cuanto antes si la cremación había sido completa y ahora, a la luz del día y delante del miliciano, aquella comprobación le parecía imposible. Dijo que podía contar con él para hacer averiguaciones y se marchó. Fue al torreón y contó a la duquesa su diálogo con el miliciano. Ella dijo:

—Ese hombre sospecha de ti. Tarde o temprano sabrá que has sido tú.

Rómulo se sintió terriblemente sorprendido:

—¿Yo?

Pero la duquesa le preguntaba qué más se decía sobre el capitán Ordóñez, y él se encogió de hombros: "No he oído más: acabo de llegar ahora". La duquesa le dijo de pronto, nerviosa:

—Tienes que devolverme mi pistola.

Rómulo la sacó y se la dio. Se acercaba al radiador y ponía la mano encima con un gesto intrigado. La duquesa parecía no verlo, pero se volvió como un animalito que va a morder:

—No vuelvas a hacer eso.

Rómulo se sentó en el diván de los muñecos y tomó uno de los que estaban detrás, a su espalda. El muñeco tenía sus brazos rematados por manitas color de rosa. Sobre el puño de Rómulo movía la cabeza, cruzaba las manos delante de la boca o sobre el vientre. Este último gesto a veces parecía una alusión procaz—pensó Rómulo —, pero la duquesa sonreía. Buscó al bandido Candelas y se lo puso en la otra mano. Al verlos la duquesa aproximarse el uno al otro en el aire y hacerse reverencias, volvió a sonreír.

Rómulo se dio cuenta de que ella iba vestida debajo del gabán. "No quiere arriesgar otra escena como aquélla", pensaba. Le prometió hacerle con los muñecos una sesión digna de las que en su niñez le hacía el mayordomo.

—Eres feliz — dijo ella, mirándolo con rencor.

—Más que usted.

—Sí, es fácil serlo más que yo. Me ves reír fácilmente, pero sabes que no hay alegría en mi risa.

—¿Pues qué hay?

—Desesperación y rabia.

—¿Contra qué?

—Contra el mundo entero.

"Qué extraño que la duquesa hable así", pensó Rómulo. Después quiso poner la mano en el radiador, pero se abstuvo. No pudiendo hacerlo, la miró. Iba a tomar otro muñeco, cuando oyó voces en el parque. La duquesa le dijo apresurada:

—Rómulo, te llaman.

Tenía miedo de que alguien subiera al torreón buscándolo. Rómulo, que en aquel momento miraba distraídamente la alfombra, tratando de ver huellas de zapatos masculinos, se levantó con pereza, bajó al parque, fue de un lado a otro y viendo que no había nadie se sentó frente a las ruinas de su casa y estuvo mirando las hileras de ladrillos, los manojos de flejes de metal ordenadamente recogidos: "Yo no me alegro de la muerte de Balbina — se decía —, aunque tampoco cuando ella vivía me alegraba de su felicidad". Esperaba que volverían a llamarlo, pero pasaba el tiempo y nadie parecía pensar en él. Miraba los estragos del bombardeo en el césped, en el suelo del parque. Se veían tres enormes cráteres de granada. Había hablado a los milicianos de la necesidad de reparar aquello y todos le habían contestado con evasivas, menos Estradera, que le prometió ayudarlo. Al verlo ahora, le dijo:

—¿Cuándo comenzamos la faena?

Estradera indicó las vendas de su cabeza como una razón para aplazar aquel trabajo. Rómulo chascó la lengua con disgusto.

Regresó a su cuarto en los sótanos, lamentando que aquellas voces fantasmas lo arrancaran a la presencia de la duquesa. Ya a solas, buscó un tubito de metal, lo encontró en el mango de un pincel que había dentro de un frasco de perfume y trato de obtener la misma voz que en su infancia había oído a los títeres. Lo consiguió fácilmente y estuvo casi toda la mañana practicando. Como era necesario decir alguna cosa, se dirigía a sí mismo con aquella voz que tenía algo de maullido de un gato en celo:

"Ella lo ha dicho: soy feliz. Pero ella no lo es. La muerte brincó al parque desde su ventana. Y cayó sobre Balbina, sobre tantos pobres hombres que querían como tú rescatar su juventud. Y tú, Rómulo, la perdonas. No sólo la perdonas, sino que estás dispuesto a colgarte el cadáver de Balbina al cuello para toda tu vida si confiesas que te alegras de su muerte. No te alegres, Rómulo. Esa sería la primera victoria del amante de tu señora. El primer paso de ese hombre dentro de tu conciencia, Rómulo. Y si entra en ella roerá como el gusano roe dentro del fruto."

Hacía una pausa. En el rincón más próximo a la sala de armas había eco y aquella voz grotesca parecía salir al pasillo y regresar de él. Rómulo se acomodó mejor el tubito de metal en la boca y continuó: "Todo ha cambiado. La vida ha ido dando vueltas y a través de la sangre, la muerte, el crimen y la guerra, la vida ha ido acercándose a ti. Se diría que ya que tú no fuiste a la vida en tus cuarenta años perdidos, es la vida la que viene a buscarte en tu rincón. ¿Qué hacer? La vida es la vida. Y la duquesa parece más fuerte que nunca. Se burla de la vida y la muerte, pero no se burla de ti. O quizá se burla de ti también y tú no lo ves. Sólo burlándose de ti puede pedirte que pongas la cabeza para pagar la muerte del capitán, como si lo hubieras asesinado tú".

Se sobresaltó al oírse a sí mismo con el tubito de metal en la boca:

"¿Qué hago yo aquí?"

La primera vez que se hizo esta pregunta la voz salía aún deformada. Se quitó el pequeño tubo, lo guardó en el bolsillo y fue saliendo. Pasó otra vez por el parque, esperando en vano que la voz fantasma volviera a llamarle, y viendo las ventanas de las habitaciones bajas del torreón — las habitaciones clausuradas — se preguntó: "¿No será la voz de Balbina que me llama, como llamaba un día la voz de la duquesa madre?" Volvió al tercer piso y al llegar ante la duquesa, ella dijo:

—No he dormido. Tú tampoco. Nadie duerme. ¿Por qué no duerme nadie?

Rómulo se puso a mirar otra vez por la alfombra, buscando disimuladamente huellas del desconocido. Creyó hallarlas al pie del diván, en el lugar más próximo a la puerta del dormitorio. Dijo Rómulo que había pensado varias veces en ir voluntario al frente. Añadió que si no podía hacer nada por la seguridad de ella, si ella se obstinaba en vivir allí y en recibir visitas, consideraba como una solución para sí mismo el ir al frente. Rómulo miraba los muñecos y oyó decir a la duquesa:

—¿Vas a marcharte cuando todos los peligros crecen a mi alrededor?

—Precisamente. Si usted los quiere esos peligros, ¿qué voy a hacer yo?

Ella dijo con una naturalidad y una frivolidad aterradoras:

—Poner la cabeza, como dices tú.

Él la miró extrañado:

—Por usted, sí. Pero por nadie más. Prefiero ir al

frente y correr mi suerte honradamente como hacen los otros.

Miraba a los muñecos. El juez tenía la cabeza de medio lado y el perfil de la barbada mejilla daba la impresión de que estaba riendo. Rómulo veía que aquellos muñecos tan vivos, tan expresivos, parecían burlarse de él. Se levantó, fue hacia ella y la tomó por un brazo con una completa despreocupación:

—Ése, por el que quiere usted que yo dé la vida, ¿quién es?

—Rómulo, suéltame. Yo no quiero que des la vida por nadie.

—Contésteme. ¿Quién es ése?

—Rómulo, no me pidas una delación.

—Quiero que usted me diga quién es y por qué quiere usted obligarme a mí a morir como una rata por un crimen que no he cometido.

El coro de los muñecos parecía reírse. La duquesa consiguió soltarse y se reía también. Rómulo entró otra vez en el dormitorio. No encontró a nadie. Salió, fue a las escaleras, subió a los pisos cuarto y quinto y comprobó que tampoco había nadie. Iba diciéndose: "Ella y él están en ese plano desde donde se puede exigir a un hombre que, siendo inocente, muera con una muerte vil. Yo no quiero ir a ese plano". Pero aunque quisiera ir se daba cuenta de que no podría llegar tan fácilmente. Cuando volvió a las habitaciones de la duquesa vio a los muñecos otra vez y se sintió en una actitud desairada. La duquesa decía que hacía frío y que tres de los radiadores no funcionaban. Sabía que dándole órdenes mecánicas conseguiría desviarlo de su exaltación y le dijo que iría a vivir al segundo piso del torreón si allí los radiadores estaban calientes. Le rogó que fuera a comprobarlo. Rómulo bajó al segundo piso.

La tapicería tenía allí un color violeta pálido. En el lugar de Zurbarán había una copia de la *Resurrección* del Greco, que parecía pintada con sangre, albayalde y

óxido de cobre. En el cuarto del fondo se veía el remate
de una escalera de mármol que conducía a la planta baja,
a las habitaciones donde murió la madre de la duquesa.
Al volver Rómulo se lo hizo notar y ella, con aire fatigado, se encogió de hombros. Fueron bajando. Rómulo
hizo varios viajes llevando las cosas que ella le pedía y,
en el último, los muñecos de guiñol. Tropezó varias veces con el zapato del capitán. "La duquesa ha debido
también tropezar" — se dijo. En sus brazos, los muñecos
le parecían seres animados y vivos que podían escaparse.
Vivos, pero no como personas, sino más bien como pollos o conejos.

Dispuesto a marcharse, por fin, después de poner
cojines en las ventanas, no sólo para evitar que de noche
saliera la luz o entrara el aire frío, sino también para
amortiguar las voces, oyó que la duquesa le decía:

—Rómulo, por favor, no vuelvas a hablarme como
lo has hecho hoy.

Había en su acento un tono de súplica que a Rómulo
le conmovió. "Lo quiere a ese hombre — pensó —, a
pesar de ella misma. ¿Quién sabe si yendo a él, a ese
hombre, ella también está rescatando una parte de su
juventud perdida?" Pero él no quería aceptarlo. No podría aceptarlo, y eso era todo. Inclinó la cabeza y salió.

Del diario de la duquesa:

"Dos noches más de orgía con el «diablo».

"Rómulo parece dispuesto a todo. Y por eso mismo,
quizá, yo debo disponerme también de una vez a salir
de aquí y a correr la aventura de mi salvación o mi perdición.

"Necesito buscar ropas adecuadas. Y papeles."

Aquella mañana era sombría. Parecía que el sol se
hubiera marchado para siempre. A las diez todo seguía
siendo tan oscuro como al amanecer. Rómulo le pidió a
López que le ayudara a reparar los destrozos hechos por

las bombas en el césped, pero siempre que hablaba de aquello todos escurrían el bulto. "Tienen miedo a acercarse a las palas y a los picos — pensó —, como si les fueran a morder."

Rómulo se acercó a los hornos y vio que el cuerpo estaba totalmente consumido. La ceniza conservaba la forma humana y Rómulo quiso deshacerla con un gancho de hierro, pero no se atrevió. Volviendo, encontró al miliciano taciturno que lo buscaba. Había ido al laboratorio municipal del barrio y acababa de regresar. Le mostraba otra vez el pasador del capitán:

—Han analizado esta mancha y es sangre.

—Es lo que yo decía — dijo Rómulo dominando su turbación, y después de una pausa, añadió con un inmenso esfuerzo —: ¿Qué cree usted que ha podido suceder?

El miliciano lo miró de frente:

—Tarde o temprano se sabrá.

Daba vueltas al pasador entre los dedos. De pronto, preguntó:

—¿Dónde vive usted?

—En los sótanos.

El miliciano recorría con la mirada la planta baja del palacio:

—¿Tiene usted chimenea de leña?

—No.

—¿Como calienta su café?

—Tengo una cocinita eléctrica.

Aquella alusión — pensó Rómulo — situaba al miliciano en una pista justa. "Me van a matar como a un cobarde, como a un traidor, como a un miserable, y voy a morir por *el otro*." En un extremo del parque hacían ejercicios los soldados, que según indicios, iban a ir al frente. Rómulo dijo:

—¿Están ya equipados esos muchachos para salir?

—Sí. Saldrán esta noche.

El miliciano añadía:

—Los relevos se hacen siempre de noche.

Pero volvía al tema:

—Un día va a enseñarme usted dónde vive.

Rómulo le proponía:

—¿Quiere venir ahora?

El miliciano lo contempló con una mirada lejana y negó. Cuando Rómulo se separó de él en la puerta del garaje volvió al palacio más preocupado que nunca. Sabía que Cartucho seguiría investigando y que de un modo u otro acabaría por descubrirlo todo. Andaba en sus investigaciones con pasos lentos, pero seguros. No sólo tenía sospechas, sino un plan formado ya en el cual entraba Rómulo de una manera u otra. Se acercó a los soldados que se preparaban a salir y un cabo le dijo:

—Qué, Rómulo, ¿no viene usted?

—Lo dice en broma — contestó Rómulo —, pero otros lo harían peor que yo. Fui cabo en Marruecos.

Veía al miliciano taciturno, que parecía escucharle desde lejos, y dándose cuenta de que era vigilado, preguntó:

—¿Cuándo salen ustedes?

—Al oscurecer.

Rómulo dudaba, pero acabó por decir:

—Antes de que salgan, yo vendré a decir mi última palabra.

Había en aquello casi una promesa y algunos soldados la acogieron con vítores, aunque — se decía Rómulo — aquellos vítores no eran sino la continuación de una broma. Poco después, Rómulo estaba ante la duquesa y le decía, sin gran convicción:

—Esta noche me voy con los muchachos de la compañía antitanque.

La duquesa parecía sorprendida:

—Es una temeridad inútil.

Rómulo, palideciendo, dijo:

—Si no me matan, creo que dentro de un par de semanas podré conseguir un permiso.

Parecía contento y la duquesa espiaba aquella alegría sin comprenderla. Dijo:

—Es estúpido marcharte así.

Rómulo prometió quedarse con la condición de que le permitiera tapiar la escalera aquella misma noche. Ella negaba con un gesto lento de cabeza. Rómulo se dispuso a salir y dijo, refiriéndose a ella y al amante:

—Entonces, tengan ustedes cuidado.

La duquesa miró a otro lado:

—Todos los cuidados serán inútiles, supongo.

Rómulo quiso hacerle recomendaciones sobre detalles prácticos — la comida, la calefacción —, pero ella le interrumpió:

—Está bien. Márchate.

La miró Rómulo larga y silenciosamente, y con un gran esfuerzo fue saliendo. Se dirigió a la sala de armas, buscó una zamarra de cazador y por una puerta de servicio salió al parque, fue a los hornos y con un largo gancho fue deshaciendo la figura humana cuyos contornos dibujaba aún la ceniza. Aquello le daba una sensación vaga de repugnancia. Fue después al lado de los soldados, pidió el equipo de dinamitero y cuando quedó con los tirantes puestos, la carga de bombas reglamentaria y la pistola colgada al costado, el miliciano taciturno se acercó y lo miró despacio, sin decir nada. Poco después salían.

En la puerta, Ruiz, que estaba de centinela, dijo al verlo pasar:

—Así hacen los hombres, Rómulo.

Estas palabras le acompañaron hasta cerca del puente de Toledo, donde se disiparon. Pero, lo mismo que la vez anterior al salir de la casa, sintió más próxima que nunca a la duquesa y más vivos todos los problemas. "Quizá — se dijo con desgana — un día de éstos la policía irá a sacarme del frente para fusilarme en la retaguardia. ¿Y qué podré hacer yo? ¿Qué podré decir?" Algo más arriba del Manzanares cayeron algunas bombas de mortero. Al verlas estallar, el teniente Uriarte salió de su aburrimiento para decir:

—Vaya una manera de recibirnos.

Parecía cómicamente decepcionado y añadía:

—Siquiera la última vez nos recibieron con bombas del quince y medio.

V

La duquesa esperaba al "diablo", pero no llegó en las tres noches siguientes. Su soledad por la noche y la sensación, durante el día, de hallarse sin la ayuda de Rómulo, la confundían. Un enjambre de sentimientos nuevos la envolvía y a veces la torturaba. La presencia de los muñecos de guiñol, en lugar de darle sosiego interior como el día que los encontró, la enternecía nada más, y la ternura — que era el recuerdo complacido de su propia infancia — la debilitaba. Faltándole la risa cínica de Esteban, cualquier alusión sentimental a su presente o a su pasado le dejaban más sola y sin defensas.

"Esteban no viene. ¿Tiene miedo? Si tiene miedo, ¿todo su cinismo era una pobre comedia? ¿O es que el cinismo brota del miedo y no es sino una triste defensa? El "diablo" había matado al capitán, a cuarenta y ocho hombres más, a Balbina. Algunos días después se había dado cuenta de que las sospechas comenzaban a encarrilarse y representaban un peligro creciente, pero ¿desde cuándo el "diablo" rehuía el peligro? ¿Cómo era posible que renunciara a ella por miedo y que dejara todo el peligro para ella, para la duquesa? Ella había pensado varias veces en la posibilidad de ir a vivir al "picadero" de Esteban. Esta expresión—el "picadero" del "diablo"— la fascinaba.

Recordaba que Esteban no le había dicho nada concreto sobre su vida clandestina en Madrid. Ni dónde vivía, ni qué hacía. No decía más que vaguedades, de las cuales la duquesa no podía deducir ningún informe válido. Quizás Esteban había usado con ella precauciones y estrategias. Quizá, no considerando suficiente la prudencia de estas reservas, había dejado de ir al torreón para no arriesgar demasiado. Y había suspendido las visitas sin decírselo a ella, procurando que ella no penetrara en su intención ni en su alarma. Ella le había hablado de los peligros de la nueva situación y él se reía de esos peligros, simulando confianza en sí mismo, pero al mismo tiempo calculaba que sería prudente no volver más al palacio. Esos cálculos se los ocultaba a ella. La engañaba. No le había dicho siquiera dónde estaba el famoso "picadero". Todo esto le parecía a la duquesa demasiado vil para ser verdad, pero el solo hecho de haberlo pensado rompía dentro de ella demasiadas cosas. "Necesito — se decía — conservar la fe en alguien."

En los dos primeros días de soledad se quedó sin víveres. "Una noche iré a la bodega" — se dijo —. Tampoco tenía libros. Había leído varias veces los que estaban a su alcance, a excepción del Marqués de Sade. "Las mujeres sabemos demasiado del amor para que nos interesen esos problemas. Los hombres se envanecen creyendo descubrir a cada paso secretos del amor. Pero cualquier virgen de dieciséis años los lleva todos vivòs en su sangre." En las largas horas de tedio volvía sobre los *Esiemplos de las Monarquías*. Sólo podía leerlo de noche, cuando creía que los demás habitantes del palacio dormían. Durante el día iba y venía con la angustia de lo que a su alrededor podía suceder. Por la noche, en cambio, conseguía abstraerse y en medio de todas las dificultades y peligros, bajo el constante y lejano palpitar de la batalla, se sentía aún dichosa pudiendo plantearse problemas morales que estaban al margen de la realidad. El frío en el torreón era seco y persistente y llegaba a sus huesos sin hallar reacción suficiente en la san-

gre. El libro de los *Esiemplos* comenzaba con una idea
poética para estudiar después históricamente las monarquías más famosas del pasado. Esa idea poética consistía
en lo siguiente: "El universo es una inmensa monarquía. Los pobladores del universo estamos sometidos fa-
talmente a ella y somos a nuestra vez reyes de la realidad
que nos rodea. Todo lo que el hombre ha soñado, ambi-
cionado, creado, lo ha sido por esta monarquía del hombre — rey — y la ilusión, su propia ilusión — reina —.
El hombre y la ambición ideal que lleva consigo son el
rey y la reina del universo". El libro hacía consideraciones curiosas. Decía que la relación del rey y reina en ese
matrimonio fecundo y glorioso debía ser como toda relación de hombre y mujer, con las limitaciones que Dios
ha impuesto a la posesión de un ser humano por otro.
Y la duquesa releía con gusto esas líneas, satisfecha de
poder detenerse con calma en problemas como aquél, a
pesar de las condiciones en las que vivía. "Pero cuando
el rey — el hombre — quiere cumplirse en la posesión
ideal de la reina hasta alcanzar los absolutos de Dios, la
armonía se rompe y el orden del matrimonio se acaba.
Que alcanzar la ilusión es matarla y realizar en ella la
ambición de sí mismo no es posible sin pasar por esa
muerte y desgracia." Esto le parecía a la duquesa poéti-
camente veraz. Y se agradecía a sí misma el poder plantearse aún reflexiones "de lujo". Una noche, después de
releer estas líneas, oyendo como siempre el estruendo
de la batalla, se dijo: "Desde la terraza del quinto piso
se debe ver todo el costado oeste de Madrid". Nunca había pensado que la guerra podía ser un espectáculo. Fue
a la terraza. La noche era muy oscura. No era fácil que
ningún vecino la viera. El frío de la noche al aire libre
tenía una calidad diferente del frío de las habitaciones
interiores. En aquella noche inmensa en la cual los horizontes, las sombras, la alta bóveda, parecían animados
y vivos, el frío era una circunstancia última y sin valor y
si pensaba en ella llegaba a resolverse en una especie

de voluptuosidad. A lo lejos, en una extensión de quince a veinte kilómetros de Norte a Sur, el horizonte era como una sucesión irregular y constante de estrellas rojas de diferentes tamaños que se encendían y se apagaban sin cesar. Si la brisa era propicia se oían muy bien los disparos de fusil y de ametralladora. Entre ellos — que sonaban secos y mecánicos — se oía alguna bomba de mano, de sonido más bronco y profundo, y algún mortero, de explosión más luminosa que las bombas. Entretanto, por encima de la cabeza de la duquesa pasaban a veces en bandada las granadas, y pensaba: "Hace frío, pero no lo siento, o lo siento como una circunstancia moral. En cambio el terror, si lo siento, es como un hecho físico". Y seguía allí. Repetía mirando al horizonte y viendo aquella cadena de estrellas a veces interrumpida aquí y allá y a veces más ancha en un lugar que en otro: "Allí está Rómulo. Una de estas estrellas rojas la ha encendido él, quizá". Y pensaba en Rómulo, sin darse cuenta, con gratitud. No era la gratitud de la persona protegida, sino otra, que de momento no podía definir. "Yo soy su ambición ideal, su ilusión." La duquesa sabía esto hacía mucho tiempo, pero hasta después de la noche del bombardeo le había parecido nada más un hecho pintoresco, casi grotesco. Desde aquella noche todo era distinto y la gratitud hacia aquel hombre que "la soñaba" era un sentimiento un poco irreal y ocioso. Por eso le gustaba. "Rómulo me hace en su imaginación la Reina del Universo." Esta reflexión la alarmó:

"Estoy aún fuera de la vida, al margen de la realidad, jugando quizá con ella y conmigo misma. Jugando. Jugando como siempre. Si la vida me llama todavía a la verdad de los hombres y de las cosas, ¿de qué manera horrible me llamará?"

Recordaba la primera llamada — la muerte del duque —; la segunda: el "diablo", el reflector, los muertos del parque, el capitán desangrándose en la alfombra. Pero pasado el primer momento de sorpresa, algo en ella superaba todas esas realidades, y no sólo recobraba la calma sino que reía, queriendo incorporar quizás aquella risa a la "inmensa carcajada de Dios". En aquel momento mismo, desde la terraza, viendo la muerte cabalgar en nubes de fuego, en convoyes de hierro, o decir su exacto mensaje en las pequeñas estrellas rojas, se planteaba problemas "de lujo" — el hombre y su ilusión, el rey y la reina —, lo que al fin y al cabo no era sino una manera de reír, una manera soberbia de reír.

Sobre las líneas del frente volaban aviones. Dejaron caer las bombas en racimos sobre un espacio no muy extenso. Y antes de que las explosiones llegaran a los oídos de la duquesa se alzaron en silencio nubes de humo verde, amarillo, rojizo, violentamente combinadas. Después el aire se conmovió alrededor de la duquesa y mostró sus dobles fondos en las profundas vibraciones de los estampidos. Algo se incendiaba debajo de aquellas nubes y los colores — amarillo, verde, rojizo — se mantenían. La duquesa vio que aquello era como una proyección gigantesca, sobre el negro de la noche, de la *Resurrección* del Greco, que tenía en sus habitaciones. Jesús, desnudo, con los muslos retorcidos y un impulso ascendente de llamarada, subía en el aire. La presencia de aquel gigantesco hijo de Dios impresionó a la duquesa, que reaccionó, sin embargo, con sarcasmo:

"A veces me gustaría poder decirle a Dios: Sí, el bien, el mal, la vida, la muerte, tú mismo y tu eternidad. Todo eso está muy bien, pero, ¿y qué?"

La duquesa se sabía más fuerte allí, en la terraza. "Cuando regrese a la alcoba volverán las inquitudes." Y tardaba en regresar, pensando en Rómulo como en un ser familiar a cuya presencia se había acostumbrado. No lo acusaba de haberse marchado, de haber abandonado su puesto en la casa. Era una ofensa doblada de homenajes: "Se ha ido allá para estar más a solas conmigo, quizá". Y pensaba después: "Esteban no vuelve a mi alcoba por miedo al peligro. Rómulo se ha marchado de

aquí, sin embargo, por miedo a una forma de envileci-
miento: *poner su cabeza* por Esteban. Y se ha ido a buscar el peligro, a dar la vida en otra parte y en condiciones de dignidad". La duquesa, abstraída, siguió en la
terraza largo rato. La brisa, el frío y aquel espectáculo
bárbaro y sublime volvían a envolverla en aquella voluptuosidad pánica que conocía ya. Regresó por fin a la
alcoba. Quizás allí encontraría a Esteban. Pero no estaba.
Volvió a pensar en Rómulo viendo la cubierta renacen-
tista de los *Esiemplos de las Monarquías,* que tenía ángeles grabados en madera y columnas y plintos. "Rómulo,
el Rey. Yo, la Reina." Esta reflexión "de lujo" le parecía
divertida.

Pero tenía hambre y estuvo calculando los riesgos de
una expedición a la bodega. Por fin, con una lamparita
de bolsillo pequeña y fina como un lápiz y la pistola de
nácar en la misma mano, fue descendiendo. Tardó mucho en llegar. Entró en la bodega sin encender las luces
ni hacer ruido. En un rincón oyó un rumor alarmante,
como el ronquido de una persona dormida. Se dispuso
a huir, pero accidentalmente la luz de la lámpara se encendió y fue a dar sobre el enano, que dormía en un rincón envuelto en sus harapos. Se acercó. El enano parecía
más pequeño aún y era como un duende o un gnomo.
La primera impresión de la duquesa fue la de haber tro-
pezado de pronto con los seres mágicos en los que creía
de niña. Pero la fealdad del enano la atemorizaba más
que todos los peligros conocidos. Iba a huir en el momento en que el enano despertó y se puso en pie de un
salto. Sabiéndose descubierto atrapó con las dos manos
una estaca que tenía al lado, dispuesto a defenderse. En
aquel momento la duquesa, por un movimiento involun-
tario de sus dedos, soltó el resorte de su linterna y ésta
se apagó. En las sombras oyó la voz del enano, aun no
despierto del todo:

—¡No des un paso más!

La duquesa volvió a encender la luz. El enano hizo

el gesto de defender el rostro, cubriéndolo con el brazo, como si la luz lo hubiera golpeado, y gruñó:

—¡Ojo! No des un paso más o te doy con la estaca.

La duquesa preguntó:

—¿Quién es usted? ¿Qué hace ahí?

El enano no veía a la duquesa, deslumbrado por la lamparita.

Al oír su voz se tranquilizó:

—Perdone. Yo soy Alejandro, el cerero.

—¿Qué hace aquí?

—Espero la victoria. Rómulo sabe que estoy aquí y me deja estar y no dice nada. Aunque el primer día me quitó las armas yo hago lo que puedo. Yo defiendo los alimentos de sus excelencias.

Se escupió en las manos y volvió a esgrimir el garrote, para mostrar su ágil disposición al combate. La duquesa seguía mirándolo sin acabar de comprender. Aunque el enano no podía verla, miraba en su dirección y ella tenía la impresión de que su mirada la ensuciaba. El enano dio de pronto un brinco contra el muro, alcanzó el interruptor y las luces se encendieron. Al ver a la duquesa soltó el palo, se cubrió mejor, porque estaba casi desnudo, y avanzó:

—¿Es su excelencia la señora duquesa?

Ella no contestaba y por fin preguntó también:

—Ha dicho usted antes que defiende los víveres. ¿Contra quién los defiende?

El enano señalaba con su mano el pasillo y dudaba si contestar o no:

—No son cosas para los oídos de su excelencia — dijo, por fin.

Pero la duquesa seguía preguntando con la mirada y el enano habló otra vez:

—Es la Pascuala. La peor es la Pascuala. Yo trabajo en una cerería. Siempre hay una rata en las cererías que se come los cirios pascuales.

La duquesa escuchaba, pensando: "Eso, hombre,

duende, gnomo, es feo y no debía vivir, pero vive". El enano seguía:

—A esa rata yo la llamo la Pascuala. Aquí no hay cirios. Pero hay también una Pascuala.

Después de una larga pausa añadió:

—Ésa es la peor. El macho no es muy astuto, pero la Pascuala sabe demasiado. Y me brinca encima ya que peleando cuerpo a cuerpo el garrote no sirve de nada.

La duquesa veía los brazos del enano cubiertos de arañazos. Iba a preguntar algo, pero él continuaba:

—La fuerza la tiene la Pascuala en los cuartos traseros, en la cruz del lomo. Brinca como una mona. No la he podido alcanzar con el garrote y hasta ahora sus uñas y sus dientes son más fuertes que los míos. La señora comprende.

La duquesa retrocedía. Desde la puerta preguntó con los ojos muy abiertos:

—Pero, ¿pelea a mordiscos?

—Sí.

—¿Con las ratas?

—Hasta ahora sólo con la Pascuala.

La duquesa retrocedía sin hablar, y llegó hasta la despensa. La puerta estaba cerrada y la llave puesta. Entró, tomó algunas cosas y salió, huyendo, como si las robara. El enano iba detrás de ella por el pasillo:

—¿No desea vino su excelencia?

Por nada del mundo la duquesa se hubiera detenido otra vez a mirarlo. El enano la seguía aún y decía:

—¿Me permite seguir viviendo aquí? ¿De veras me permite que siga a la mira y salvaguardia de los víveres? Sólo hasta que entren los nuestros en Madrid.

Ella subió a sus habitaciones en la oscuridad, repitiendo sobresaltada: "*Los nuestros*. Ha dicho *los nuestros*". Cuando llegó se dejó caer en la cama y no pudo dormir en toda la noche, pensando en el enano y viéndolo reñir con las ratas a mordiscos. Al día siguiente no podía comer tampoco y se repetía:

—Tengo que salir de aquí.

Cuando pensaba en salir del palacio su imaginación la llevaba al "picadero" de Esteban. Pero, ¿dónde estaría aquel lugar? La casa le parecía odiosa. Despertaba en la noche con terrores súbitos. No comprendía que Rómulo no le hubiera hablado del enano. "Me faltaba esto — se decía —, esto, que no hubiera podido imaginar yo nunca." Pasaba horas enteras absorta, y en la noche miraba alrededor sin ver nada, tratando de identificar los ruidos dudosos. Si crujía un mueble pensaba que podían ser la Pascuala o el Barreno con sangre del enano en los bigotes.

Y Esteban no volvía. La duquesa lo acusaba a veces, pero todos sus reproches se estrellaban ante la idea de que lo hubieran matado. Pensaba que cuando se le acabaran los víveres preferiría dejarse morir de hambre a volver a ver el enano. Después de aquel encuentro recordaba sus propias palabras la noche de la terraza: "El bien, el mal, la vida, la muerte, la eternidad, todo eso está muy bien, pero, ¿y qué?". Las recordaba y le parecían una horrible blasfemia. Y una voz, la misma voz de ella, pero proyectada hacia dentro repetía: "Tienes que salir de aquí".

Una tarde oyó voces en el parque al pie de su ventana. Los milicianos habían visto que una de las persianas exteriores de madera estaba casi arrancada por las explosiones de la noche del bombardeo y colgada de la última escarpia mal segura. Los milicianos querían arrancarla, porque había el peligro de que el viento la desprendiera y cayera sobre alguno. Fueron con una larga cuerda y estuvieron arrojándola una vez y otra contra la ventana hasta que prendió en la madera. Las primeras veces la cuerda golpeó en los cristales rotos y alguno de éstos cayó dentro de la habitación. La duquesa tenía la impresión de haber sido descubierta y de que los milicianos estaban ya dentro del torreón. Uno de ellos hablaba de subir a descolgar la persiana rota desde el interior. Los otros encontraban más diverido hacerlo de aquella manera y decían que al primer tirón de la cuerda se desprendería. Pero la duquesa no sabía si el miliciano que habló primero subía o no y estuvo esperándolo junto a la escalera con la pequeña pistola en la mano. Cuando los milicianos lograron arrancar la madera, recibiendo su caída en el parque con un regocijo infantil, respiró tranquila, diciendo: "Estoy tan acostumbrada al peligro, que cuando la amenaza no se cumple es como una decepción".

Un soldado jugaba con la cuerda saltando a la comba y cantando humorísticamente una canción que se oía a veces a las niñas en los parques:

> *Merceditas ya se ha muerto,*
> *muerta está, que yo la vi...*

La duquesa la completaba en su imaginación:

> *Cuatro duques la llevaban*
> *por las calles de Madrid.*

La canción se refería a la joven reina Mercedes, muerta en el último tercio del siglo pasado. "Mi padre — se decía — era uno de esos cuatro duques que llevaron el féretro en hombros y no podía oír esa canción sin sentir las lágrimas en los ojos." Recordando las circunstancias de la muerte de su propia madre, la duquesa se decía: "No creo que un hombre sentimental como mi padre pudiera dar motivo justificado a aquellas comadrerías".

La noche siguiente volvió a subir a la terraza, pero al ver que había luna retrocedió asustada. Volvió a sus habitaciones. El incidente de la persiana había hecho incómodo y sospechoso aquel lugar y pensaba en bajar al piso inferior. Ese piso era ya el de las habitaciones donde murió su madre. No se atrevía. Las ventanas estaban allí demasiado bajas y al alcance de cualquiera. Pensó también en ir al cuarto del sótano — cerca de la piscina —, pero si llegaba el "diablo" no la encontraría y le aterraba la idea de estar tan cerca de la bodega, del enano y de las ratas gigantes.

Pensaba en el regreso de Rómulo con impaciencia: "Pero yo le pedí demasiado, quizá, y no volverá ya nunca". Le fatigaban estas ideas y se dijo otra vez: "Tengo que salir, tengo que escapar". Fue cautelosamente, en la noche, a buscar las ropas de Balbina, con la intención de disfrazarse con ellas. Las dejó sobre su cama, extendidas a los pies. Allí estuvieron varios días. Ella las miraba, a veces indecisa. Una noche se las puso. Cuando veía la *Resurrección* del Greco pensaba en la proyección ampliada que había visto desde la terraza sobre el fondo negro de la noche e imaginaba a Rómulo hundido en aquellas lobregueces.

A Rómulo lo habían herido y hospitalizado. Una explosión de mortero le regó de balines una pierna, pero tres días después se levantaba y andaba por el hospital con muletas. Como sus heridas no eran graves ni exigían cuidados especiales, consiguió que los médicos lo dejaran irse a su casa. Lo llevaron en un coche y descendió en el parque del palacio con la pierna vendada y dos bastones. Cada mañana debía ir al puesto de socorro inmediato a curarse. El primer día fue acompañado de Cartucho, en el que parecían haberse disipado todas las sospechas. Como el taciturno no pensaba ya en Rómulo, en relación con la desaparición del capitán Ordóñez, la atmósfera del palacio era de una tranquila confianza. Algunos milicianos nuevos, que no habían estado antes en el palacio y regresaban del frente de Carabanchel, hablaban de los sucesos de los últimos días y se referían a menudo a la "peña de Rómulo". Rómulo les preguntó por qué la llamaban así y los soldados le contaron maravillas del heroísmo de un individuo que llevaba ese nombre y que había defendido la peña en condiciones inverosímiles. El número de tanques rotos por el héroe iba elevándose y se hablaba ya de catorce. En aquellos días ése era el deporte popular. Parece que en el Estado Mayor, al hablar de aquel lugar, le llamaban también la "peña de Rómulo". Él dijo, con una mezcla de vergüenza viril y de orgullo:

—Ese Rómulo soy yo.

Cuando lo supieron, los milicianos de la guardia cambiaron de actitud con Rómulo. Lo miraban como a un ser superior. Sin que él lo pidiera, López y Estradera comenzaron a arreglar en el parque los destrozos del bombardeo.

Rómulo encontró a la duquesa muy pálida. Al ver ella su pierna vendada le preguntó con la mirada. Teniéndolo allí delante era otra vez el criado, y la duquesa sentía su ausencia como un paréntesis sin la menor significación moral. Rómulo dijo que su herida carecía de importancia y añadió: "Todos hemos tenido suerte, si puede ser una suerte seguir viviendo aún". Ella olvidó en seguida el patetismo del regreso de Rómulo y comenzó a hacerle reproches. El torreón estaba inhabitable. Había tenido que ir bebiendo el vino que quedaba allí para no perecer de frío. Después le habló del encuentro terrible en la bodega. Rómulo sonreía con un rincón de la boca:

—¿Lo ha visto?

—¿Cómo le permitiste entrar? — decía ella, airada.

Rómulo no contestaba. Mirando sobre el diván los cristobillas les decía *in mente*: "¿Qué hay, amigos? ¿Os dais buena vida al lado de la duquesa?" Ella insistía en hablar del enano y Rómulo en sonreír sin responder. Hizo un gesto de dolor al mover la pierna. Ella le preguntó cómo lo habían herido y él contó la verdad y después añadió en broma lo que le atribuían. Se detuvo a hablar de la "peña de Rómulo" un poco complacido. Había en aquello una forma de gloria primitiva y auténtica. El cuadro del Greco seguía siendo la guerra, toda la guerra. Y en él estaba Rómulo produciendo incendios, explosiones. Dijo ella sonriendo:

—Un héroe.

—¡Bah! — réplico Rómulo con cierto humor campesino —. A uno lo ponen en una situación difícil y uno sale como puede.

Ella lo miró con la indiferencia que Rómulo conocía ya:

—Los míos tiran mal — dijo.

—¿Tiran mal porque no me mataron a mí?

—Y porque no nos mataron a todos la noche del bombardeo.

Rómulo encontraba algo falso en aquella voz. Se levantó y fue hacia ella. Al hacerlo sin los bastones cayó arrodillado sobre su pierna sana, con la otra estirada. La duquesa encontró aquello grotesco, y Rómulo la vio esforzarse por evitar la risa. Era una risa que Rómulo conocía muy bien desde el día ya lejano de la piscina. Se levantó con dificultad. Su torpeza hacía reír todavía a la duquesa. Buscó un bastón, y apoyado por fin en él, preguntó:

—¿Por qué se ríe usted?

La duquesa le retaba con su indiferencia.

—¿Qué quieres, que llore?

Rómulo, sentándose en el diván, dijo:

—¿No le da vergüenza reírse de un inválido? Eso de reírse de la desgracia de otro es una crueldad inútil.

—No hay nada inútil, Rómulo, en la verdadera crueldad.

Pensó Rómulo al oír estas palabras que el amante clandestino seguía visitándola cada noche. Ella tenía algo duro y de una violencia cínica en su voluntad. Sin dejar de mirarla, Rómulo pensaba: "Si la duquesa fuera como ella cree que es, yo no haría lo que hago por ella". Y quiso hacer una prueba. Llevó las manos hacia atrás en el diván y se encontró de pronto con dos muñecos: el

tío Babú en una mano y la tía Miserias en la otra. La
duquesa se estremecía de frío dentro de su gabán. Rómulo dijo que encendería los hornos en la noche y que
quedaba poco carbón. Dejó a los muñecos que había cogido y tomó la campesina y el alférez. Estuvo mirando
con atención a la campesina y dijo:

—Se parece a Balbina.

Después se puso en la boca el tubito de metal que
sacó de un bolsillo, y desfigurando la voz de una manera grotesca, comenzó:

BALBINA

¡A la rueda, rueda de pan y canela y a la sangre
antigua y a la sangre nueva! ¡Ay, ay, ay! ¡Pobre señora duquesa, que no puedo sentarme a la mesa sin
saber que ella tiene lo necesario! *(La muñeca se daba
golpes en el rostro con sus manos de madera, haciendo como si se secara las lágrimas. Rómulo exageraba
con largos ayes grotescos el desconsuelo de Balbina.
La duquesa cambiaba de posición en el sillón.)* ¡Ay,
ay, ay!, que el sofoco se le ha quedado a la señora
en el corazón y por eso no puede llorar. ¡Pobre, tan
joven y sin el arrimo del señor duque!

ALFÉREZ VINAGRE

¿Y por qué ha de llorar la señora? ¿Por qué
quieres que llore si no llora?

La duquesa miraba sin comprender. Rómulo seguía,
imitando una voz femenina:

BALBINA

Así me hagan pedazos, así me coman los perros,
si la pobre señora duquesa no tiene lágrimas de consuelo.

Capitán Centellas

¿Por qué ha de llorar? Yo no soy capitán. Me han ascendido a comandante. Me han ascendido por meter las narices en la escalera.

La duquesa parpadeaba, nerviosa. Rómulo seguía impasible:

Balbina

¡Yo creía que era al revés, yo creía que te habían descendido!

Capitán Centellas

Eso fue después, en el ascensor. No fue la señora. Tampoco el señor.

Balbina

¿Y no te condecoraron?

Capitán Centellas

Sí. Me han dado una cruz. Una cruz pensionada. ¡La Gran Cruz del Cráneo Agujereado!

La duquesa miraba a Rómulo profundamente pálida. Parecía querer decir algo y reprimirse con dificultad. Rómulo buscaba otros muñecos y seguía, con media sonrisa en el rincón izquierdo de su boca:

Tía Miserias

¡Ay, ay, ay, qué sobresalto, qué horrible tragedia, que ya no tengo dónde ponerme la media!

Tío Babú

¿Y qué? Aquí estoy yo también sin piernas, sin sombrero, sin apellido. Mi pierna derecha fue a parar a las Ventas del Espíritu Santo y la izquierda a Recoletos.

Tía Miserias

¿Qué hace ahora el capitán, que no lo veo?

Tío Babú

Estuvo una semana calentándole el agua del baño a la duquesa.

La duquesa se incorporó y pareció querer hablar. Tuvo un movimiento de torso, rígido, de izquierda a derecha. "Parece una marioneta también", pensó Rómulo y continuó:

Tía Miserias

¿Había muchos hombres en la casa de Rómulo aquella noche?

Tío Babú

Cuarenta y ocho. Todos quedaron igual que la Balbina, con las tripas abiertas, saliéndoles humo del arca sopera.

Tía Miserias

Yo vi una luz de plata en el hocico de una rata.

Tío Babú

Yo la vi de oro en los cuernos de un toro.

Tía Miserias

Dicen que eran bengalas.

Tío Babú

El capitán creía otra cosa y fue a ver si era justo su creer y murió como un mártir de su fe.

La palidez de la duquesa era mayor y su mano temblaba en el brazo del sillón. Habló: "Rómulo, eso es cruel. Es demasiado, Rómulo. ¡Por favor...!" Rómulo pensó: "Habla como una marioneta". Y con sus ojos en los de ella siguió con su farsa.

Tía Miserias

¿Cómo fue eso, tío Babú?

Tío Babú

Asomó la cabeza en el torreón y ¡pim!, ¡pum! Dos tiros. Uno en la pared y otro en la frente.

Tía Miserias

¿Quién le puso ese medio par?

Tío Babú

Unos dicen que ella y otros que él. Rómulo lo sabe y no quiere hablar.

Tía Miserias

Tú tampoco quieres hablar o hablas por cifra.

Tío Babú

No puedo decir más.

Tía Miserias

¿Lo enfriaron al primer golpe?

Tío Babú

No. Y la culpa la tuvo él.

Tía Miserias

¿Por qué?

Tío Babú

Por poner la cabeza en el camino de la bala. Y todavía por haberse rascado en la herida. Fue entonces cuando la sangre... le resbaló por la cara.

La duquesa se levantó. Su rostro tenía un color ceniciento. Quiso ir al dormitorio, pero antes de llegar a la puerta cayó a lo largo en la alfombra. Tenía los ojos abiertos y parecía conservar en ellos una expresión de terror. Rómulo acudió a su lado. Fue al baño y volvió con la misma toalla mojada con la que quiso asistir un día al capitán Ordóñez.

Le aplicó la toalla a las sienes. Rómulo iba y venía con movimientos lentos, apoyándose en un bastón, vacilando. La duquesa no volvía en sí. Le puso las manos en el rostro y lo sintió frío. Fue otra vez al baño y en-

contrando un pequeño frasco con coñac le vertió unas
gotas en los labios. La duquesa no se reanimaba. Rómulo
le puso un cojín bajo la cabeza, se apartó y se sentó
en el diván. Poco después decidió llevarla a la cama. No
fue fácil levantarla en brazos. Para acostarla, Rómulo
tuvo que sacar del lecho, donde estaban extendidos, los
vestidos de Balbina: una falda, una blusa, un gabán, una
toquilla, hasta un par de zapatos usados. Rómulo había
arrojado todo aquello al suelo. Cuando vio a la duquesa
acostada, cubierta hasta la cintura, se sintió mejor, pero
la duquesa no volvía aún en sí. Rómulo la besó en la
boca. Avergonzado, se retiró un poco y esperó. Volvió
a besarla, esta vez suavemente, y se volvía a mirar en
el suelo las ropas de Balbina, cuando oyó hablar a la
duquesa. Decía algo confuso, entre dientes, llorando.
Rómulo la veía graciosa, delicada, casi humilde y la dejaba llorar, pensando: "Es bueno que llore".

—¿Cómo se encuentra? — le preguntó.

—Bien, muy bien.

Rómulo le tomaba una mano, que sentía helada en
las suyas.

—Vamos, tranquilícese.

Volvió a mirar las ropas de su mujer:

—¿Fue usted a buscarlas al cuarto del sótano?

—Sí.

—¿Ha pensado en marcharse?

—Sí.

—¿Adónde?

—No sé.

La duquesa pensaba en el "picadero" de Esteban.
Después, en Valencia. En ir ella sola a Valencia. Rómulo
trataba de disuadirla:

—Quizá la vida en esta casa no será tan peligrosa
ahora.

—¿Por qué?

—Viéndome así, con la pierna vendada, nadie sospecha de mí.

El torreón estaba muy frío. Rómulo dijo que iba a encender los hornos. La duquesa miraba su cinturón de soldado con la pistola — que llevaba ahora descubierta — a un lado y el puñal al otro. Rómulo salió, diciéndose: "Ese plano en el que ella y él me empujan a la muerte y se ríen, no existe. Quizás existe para él, pero no para ella". Cuando avanzaba por la avenida central del parque, pensando que era imposible acercarse a los hornos sin que lo vieran, le salió al paso el miliciano taciturno:

—¿Qué te parece?—le dijo, mostrándole en la mano la hebilla de un cinturón quemada, con el metal medio fundido.

Mostraba también un cargador de pistola retorcido por el fuego. Ante el asombro de Rómulo, fue añadiendo objetos, entre otros uno tan inequívoco como la pulsera de identidad del capitán con su número de orden. Rómulo se impacientaba, pero el miliciano estaba muy lejos de sospechar de él.

—Mañana — dijo de pronto — se sabrá todo. Se sabrá quién lo mató, quién encendió los hornos y lo quemó. Mañana, a primera hora.

Rómulo sentía el contacto del pie vendado en el suelo y aquel contacto le daba una seguridad que duraba unos momentos.

—¿Cómo es eso?

El miliciano decía que una mujer se le había acercado dos días antes estando de centinela para decirle que sabía quién había matado al oficial. "¿No te parece curioso?" Rómulo trató de dar campo a sus nervios mirando a su alrededor la hierba, los árboles, el cielo gris. El miliciano seguía: "Aquí tengo su nombre". Sacó un papel y leyó: "Joaquina Pérez, viuda de Antonio Pérez, plomero. Conseguir un pasaporte de evacuación para Valencia". El miliciano añadía:

—Como las mujeres pueden salir de Madrid cuando quieran y las parientes de los milicianos muertos tienen prioridad, no es difícil conseguir el pasaporte. Pero la importancia que ella le da me ha puesto en sospechas.

—¿El pasaporte es para ella sola o para más personas?

—No, ella sola.

—¿Qué te dijo?

—Dijo exactamente: "Yo lo sé todo, pero no diré una palabra hasta que esté segura de salir de Madrid". Yo le pedí una prueba de que sus palabras eran verdaderas y ella me dijo: "Mire entre las cenizas de los hornos que hay en el extremo del parque y quizás encontrará algo".

El miliciano seguía mostrando aquellos objetos y añadía:

—Es mucho más de lo que hacía falta.

Rómulo parpadeaba, nervioso. No hubiera creído nunca aquello. No correspondía aquella conducta a la duquesa que se había desmayado poco antes por las acusaciones de los cristobillas. El miliciano añadió:

—Yo creía que esos hornos estaban siempre apagados.

—Yo también — dijo Rómulo.

—Todo consiste en saber quién los ha encendido.

Rómulo no comprendía cómo podía hablar aún, pero lo hacía con la imagen de la duquesa en su imaginación, vestida con las ropas de Balbina.

—¿Y en qué ha quedado el asunto?

—Mañana a primera hora sale un convoy para Valencia y a punto de día vendrá ella y yo le daré sus papeles. Ella me dirá, en cambio, el nombre del criminal y el lugar donde podemos atraparlo.

Queriendo disfrazar su confusión, Rómulo le pedía una vez y otra aquellos objetos e iba mirándolos de uno en uno. Después se los devolvió:

—Bien. En todo caso, mañana saldremos de dudas.

Se marchó con sus bastones en un abatimiento completo: "¿Tendré que pagar yo? ¿Tendré que pagar yo por su amante? ¿Cómo se atreven ellos a esperarlo? Yo no he confesado nunca que me alegrara de la muerte de Balbina. Por lo tanto, no he entrado en su campo. ¿Cómo se atreven ellos, si yo no he entrado en su campo?" Y volvía a pensar que aquel plano en donde ella y su amante estaban tranquilos y sonrientes, esperando su muerte, era innaccesible e incomprensible para él, pero existía. Quiso subir inmediatamente al torreón, pero siempre llegaba alguien buscándole. Contaba las horas que faltaban hasta el amanecer del día siguiente. Se sentía solo. Se daba cuenta de que lo que él consideraba antes la soledad, era una placentera relación con todo el mundo y que la verdadera soledad, profunda y amarga, comenzaba ahora. Caía la noche. La veía llegar a través de los cristales rotos de la ventana. Aunque no había habido sol en todo el día, ahora se veían en la lejanía unas nubecitas ligeramente luminosas. Entre ellas había algunos celajes de color de la carne de mujer. Dándose cuenta de que lo había perdido todo, esperó la noche y con las primeras sombras subió otra vez, de una en una, las escaleras del torreón. Pensaba conducirse como siempre y esperar a ver el curso que tomaban las cosas. Si era necesario fingiría tan bien como ella, mejor que ella.

No hallándola en la sala, se acercó al dormitorio. Allí, al lado del lecho, sobre una silla, estaban los vestidos de Balbina:

—¿Cuándo se marcha usted?

—¿Quién, yo? — dijo ella, sorprendida.

—¿Cuándo? — insistió Rómulo —. ¿Mañana? ¿Por qué no mañana mismo?

—No. Mañana no puedo. En una semana, por lo menos, no podré.

—La ayudaré yo.

—No es verdad, Rómulo. Ya sé que darías la vida por salvarme, pero no harías nada por alejarme de ti.

Rómulo la miraba y ella devolvía la mirada, tranquila. Una ola de sangre parecía subir hasta el rostro de

Rómulo y detenerse en la garganta, pero la duquesa seguía hablando: "Sí, Rómulo, yo sé que tú darías la vida
por mí, la darías muy gustoso, pensando quizás en tus
amigos de los otros planetas. ¿No es verdad?" Rómulo
se decía: "Quiere estar segura de que acusándome y en-
viándome a la muerte no va a hacer más que proporcio-
narme un placer. Ella actúa desde ese lugar inaccesible
que comienzo ya a comprender. En ese mismo lugar le
contestaré yo".

—Todo cambiará, Rómulo — decía ella —, desde
mañana. Yo sé que eres mi único amigo, y que tienes
razón. ¿Oyes? Yo sé que tienes razón. Desde mañana
todo será diferente.

Rómulo se decía: "Lo dice ahora, unas horas antes
de marcharse y de dejarme en manos del verdugo". Con
una sonrisa difícil preguntaba:

—¿Desde mañana?

Se sentía a sí mismo ya "en aquel plano". No era tan
difícil. Consistía sólo en hacer callar a la sangre y hablar con la cabeza fría y fresca y hecha a la crueldad y a
la mentira. Tenía la seguridad de que ella no estaba enferma. Igual que mentía con lo demás podía mentir con
su enfermedad. También había fingido el desmayo. Él
creía haber sentido esas radiaciones que devuelve un
cuerpo animado cuando lo besamos. Rómulo le atenazó
una mano:

—¿Desde mañana?

—Sí, Rómulo. Pero suéltame. Me haces daño.

—Bien, como usted quiera. Desde mañana. Le daré
lo último que puedo darle.

Sonreía él tan bien como había visto sonreír a ella
días pasados. Pero ella preguntaba:

—¿A mí?

—Sí, le daré lo único y lo último.

Viendo en la duquesa todavía un género nuevo de
armonía, lleno de perfidia, una fuerza que — en un rincón de aquel alto plano — a él le era inaccesible, la ad-

miraba. Ella no decía nada. Rómulo veía cierto sarcasmo detrás de su silencio. Ella preguntó:

—¿Has hablado con el miliciano taciturno?

—No — mintió él.

—Entonces ¿no te ha vuelto a decir nada?

Rómulo apretaba el puño sobre la sábana:

—No, nada.

Poco después añadió:

—No se preocupe. Se irá usted. Se irá cuando quiera.

Se sintió satisfecho de sí mismo. Ella le contestaba — pensaba Rómulo — comprendiendo quizá que él se daba cuenta de todo y aceptaba:

—Sí, Rómulo. Gracias, Rómulo.

Él vaciló, pensando un momento que podría equivocarse y quiso hacer la prueba. Dijo que iba a llevarse las ropas de Balbina. Si ella no pensaba salir al día siguiente no le eran necesarias. Pero ella se opuso con una energía súbita. Rómulo, entonces, olvidándolo todo, fue sobre la almohada y besó a la duquesa en la boca. Ella lo rechazaba: "¿Qué haces, Rómulo?" Él volvió a encontrar su boca y mordió en ella hasta sentir la sangre en los labios. Entonces, la soltó. Ella gemía sordamente. Tenía una pequeña herida en el labio superior y manchaba de sangre la almohada.

—¡Bestia!

Al pronunciar la "b" había salpicado de sangre el rostro de Rómulo. Rómulo repetía:

—Sí, te daré lo último. Lo único y lo último, ¿no me ves dispuesto? Lo sé todo y voy a todo más calmo y tranquilo que fue tu marido y va tu amante.

Pero ella gemía como una niña y Rómulo, viendo aquella sangre y oyendo aquellos gemidos, sentía una especie de piedad agresiva. Se había llevado la mano al cinto, al lugar donde tenía su cuchillo de miliciano. La duquesa lo vio y gritó, con sus ojos muy abiertos:

—No me mates, Rómulo.

Rómulo separó la mano del cinto y la apoyó al lado de la almohada.

—Mañana te marcharás. Abajo está ya tu pasaporte preparado. Mañana te marcharás, ¿oyes?

—¿Yo?

—Sí, tú.

Gemía ella, con la boca herida, que se inflamaba:

—Creo que estoy enferma, pero haré lo que quieras.

Rómulo no podía mirarla sin sentir por ella una inmensa piedad. Prefirió marcharse a confesar su emoción y se retiró de espaldas diciendo:

—No me engañas. Lo sé todo y lo acepto. No me engañas. Te daré lo último, pero te lo daré a ti y no a él. A ti porque yo quiero dártelo. Yo. Sin pensar en tonterías, sin pensar en la gente de los otros planetas, como tú dices. Yo, ¿oyes?, yo.

Desde la escalera del torreón regresó y quiso curarle el labio, arreglarle la almohada. Ella le decía que le estaba agradecida — con su labio herido — y que lo único que necesitaba era dormir. Rómulo pensaba: "Dice la verdad". Él también la decía. Y, sin embargo — pensaba —, mentían los dos. Quizás en aquel alto plano se podía estar cómodamente, confortablemente y hasta virtuosamente, por encima de la sangre y el fuego. También él estaba por encima, pero su plano era otro. Y nada se podía hacer ya. Nada más que bajar la cabeza y ofrecerla. Dándose cuenta de que ella tenía miedo de él, salió sin decir más y se marchó, apoyado torpemente en los bastones. Quería bajar en el ascensor para evitar las escaleras, pero desde que estuvo encerrado allí con el muerto lo evitaba siempre que podía. Y en el momento de llegar a la escalera se dio cuenta de que todo había acabado. Tuvo miedo de hallar el zapato en las escaleras y lo justificó ante sí mismo pensando que con la pierna vendada le sería difícil mantener el equilibrio si tropezaba. Entonces, volvió y se dirigió al ascensor. Oía llorar a la duquesa. "Quizás ella se duele de todo, se duele de mi suerte también y la acepta con menos resignación que yo mismo." Esta reflexión le conmovió más todavía, y cuando entró en el ascensor se sintió por primera vez un verdadero hombre — en el mismo plano de la duquesa —, afrontando un destino verdaderamente sobrehumano.

El ascensor iba bajando. Los cristalitos tallados que rodeaban el espejo con sus iris titilantes producían llamitas azules, como fuegos fatuos que parecían alusiones al cuerpo del capitán. Al llegar abajo salió sin preocuparse de ser visto o no. Por fortuna no había nadie. Fue a su cuarto y se acostó. Tardó en dormirse, pensando que era la última noche y el último sueño.

En la mañana, ya tarde — después de las nueve — se sintió sacudido por un brazo. Era el miliciano taciturno que le decía:

—La hermosa desconocida se ha marchado. Debe estar ya camino de Valencia.

Y añadía con una enorme decepción: "Está loca. Me dijo que el asesino del capitán había sido el general Miaja — Cartucho reía y añadió —: Aunque está loca, en lo de los hornos ha acertado. A veces los locos tienen corazonadas de ésas". Rómulo se quedaba con la mirada suspendida en el aire, sin parpadear. El miliciano añadía:

—Cuando yo le dije que el general Miaja no podía haber sido, dijo que tenía razón y que Miaja no hizo más que dar la orden, y que quien lo mató fue un cura.

—Pero ¿dices que ella se fue?

El miliciano creía que Rómulo estaba aún medio dormido. Batió palmas como para ayudarle a despertar y se marchó diciendo que iba a los hornos y que le esperaba allí porque su ayuda le era indispensable. Rómulo se levantó y salió al parque con sus bastones, repitiendo alucinado: "El general Miaja. Un cura". Miró al torreón diciéndose: "Ya no hay nadie allí". Y no podía agradecerle a la duquesa las palabras extraviadas que le había dicho a Cartucho, aunque parecía con ellas haberle querido salvar. En cambio, le agradecía la mirada y la voz con que le dijo la noche anterior: "No me mates". Fue lentamente a los hornos y se sentó en el banco de piedra adosado al muro. Cartucho le enseñaba nuevos objetos delatores, con entusiasmo, y Rómulo se decía: "Ella ha querido salvarme a su manera". Cartucho seguía mostrándole pruebas. Rómulo no sentía en ellas el menor peligro. Es decir, el peligro lo percibía, pero debajo de su callada desolación era un riesgo que, cualquiera que fueran sus alcances, le tenía sin cuidado.

—¿Dices que ella se marchó?

—Claro que sí. ¿Estás todavía dormido?

Rómulo callaba, reflexionaba y preguntaba por fin:

—¿Era hermosa ella?

—Tan hermosa que el primer día yo sospeché.

—¿Sospechaste, qué?

—No sé.

—¿Es que sólo hay mujeres hermosas en el otro lado?

Cartucho no contestaba. Seguía mostrándole a Rómulo sus hallazgos. Éste preguntaba:

—¿Tenía ella una pequeña lesión en el labio superior?

Replicaba Cartucho mecánicamente que sí y le mostraba nuevos objetos hallados en los hornos. Por fin, llamaron desde el parque a Cartucho a grandes voces y el miliciano se fue, diciendo que entraba de guardia. Rómulo se quedó solo, mirando la copa de un pino contra el cielo, que era gris. Veía el calado de las agujas verdes contra las nubes. A veces, una ligera brisa alteraba las líneas de aquel calado. También a veces se movían las finas ramitas bajo la vibración de la artillería. Dos de los milicianos seguían trabajando afanosamente en el césped y uno de los cráteres estaba ya cubierto y la tierra nivelada. No había un sólo pájaro. Rómulo seguía pensando en la duquesa. Aquellas incongruencias que ella le había dicho al centinela pensaba decírselas,

quizá, desde el primer momento, pero, entonces, ¿por qué
le habló ella a Cartucho el primer día — dos días antes — del cadáver quemado en los hornos? Todas sus
reflexiones en torno a esta contradicción fueron inútiles.
No consiguió resolverla y al fin prefirió no volver a pensar en aquello.

La idea de que yendo a Valencia se había ella aleja-
do del frente y de los peligros de la artillería le parecía
agradable, pero había leído que Valencia estaba siendo
bombardeada cada día por la aviación. La duquesa tendría miedo, quizás, y estaría sola. Porque después de la
escena en la que Rómulo hizo hablar a los cristobillas
estaba seguro de que ella tendría miedo, como los demás, y sufriría y lloraría como cualquier otra mujer. La
duquesa, sola, huyendo y presa del miedo, le acongojaba.

Todo el día vagó por el parque. El miliciano taciturn-
no lo buscaba con nuevos descubrimientos y Rómulo le
preguntó de mal humor:

—¿Qué vas a hacer con toda esa colección de indicios? ¿Los vas a poner en una vitrina?

El miliciano dijo que pensaba ir al día siguiente a la
Dirección de Policía. Rómulo se retiró poco después a
su cuarto. "Yo no podré ir a Valencia hasta que mi
pierna esté curada." Pero estaba seguro de ir un día y de
encontrar allí a la duquesa. Sin embargo, la mejor manera de obtener el pasaporte era especulando con las heridas de su pierna.

Fue a la bodega y encontró a *Elena* descolorido y
sucio en sus harapos. Lo estuvo mirando en silencio,
como si no lo hubiera visto nunca, y le preguntó:

—¿Qué haces aquí?

El enano tardaba en contestar y lo hizo por fin con
el mismo acento firme y altivo de siempre:

—La Pascuala cayó. La estrangulé yo con estas mismas manos.

Las mostraba con los dedos crispados. Rómulo le
decía que allí no podía continuar, porque se iba a morir,

y le proponía que saliera al parque de una vez y se dejara de precauciones y miedos. El enano juraba que no tenía miedo ni lo había tenido nunca y se mostraba dispuesto a salir, pero pedía garantías. Rómulo no comprendía lo que quería decir con esto. Y se impacientaba:

—Aquí no puede seguir. La bodega huele ya mal y no quiero que acabe infestando el aire. Salga delante de mí.

El acento de Rómulo no admitía réplica y el enano le obedeció. Por el camino, viendo los vendajes de Rómulo, le preguntaba qué le había sucedido, pero Rómulo no le contestaba. Se decía Rómulo que, no estando la duquesa en el palacio, el enano podía ir y venir sin el cuidado de ser visto por ella (él hubiera querido evitarle a ella aquel triste espectáculo). Antes de salir, el enano le dijo:

—Su excelencia la señora duquesa me vio aquí y no me dijo nada. Al contrario, se diría que le complacían mis servicios.

Rómulo le hizo jurar que no hablaría a nadie de haber estado escondido en la bodega y le exageró los peligros que había en decirlo. Así y todo, Rómulo temía que el enano fuera capaz de arriesgar la vida por vanagloria.

Su presencia en el parque fue acogida con júbilo. Los milicianos lo adoptaron en seguida. Cuando el enano se refería a Rómulo, decía: "el caballero..." Y cuando hablaba de los duques, "sus excelencias". Esto divertía más aún a los soldados. Cuando Rómulo vio que lo aceptaban sin reservas, les dijo que tuvieran cuidado con él.

—¿Por qué?

—Porque es fascista.

Que aquel individuo fuera su enemigo colmaba el regocijo de los milicianos. Dándose cuenta el enano de que sus ideas no les ofendían, se dedicó a alardear de ellas, quizá por bufonería.

Rómulo subió las escaleras del torreón en busca del zapato del capitán, que podía ser un indicio si la policía llegaba y hacía un registro. Cuando lo encontró se vio tan cerca de las habitaciones de la duquesa, que no pudo resistir a la tentación de entrar. El enano, que a veces se sentía en peligro lejos de Rómulo, se le pegaba y lo seguía a todas partes como un perro. El vestíbulo estaba desierto y los cristobillas caídos en la alfombra. Por las ventanas sin cristales entraban el viento y la lluvia. Había allí un silencio y un frío desoladores. Los cuadros del muro eran más luminosos que antes y el silencio le hería cada vez más profundamente. Vio papeles en la mesita donde la duquesa solía escribir. Se acercó a ver si había alguno para él, pero no encontró nada. El enano iba y venía y metía las narices en todo con una refitolera facilidad. En un libro que seguía abierto y cuyas páginas estaban a medio escribir por la duquesa, Rómulo leyó: "El *diablo* no vuelve. Quizá lo han matado". ¿Quién sería "el diablo"? Rómulo sospechaba que era su amante. Fue volviendo al ascensor con el zapato en la mano, pero con un gesto de indiferencia lo volvió a arrojar sobre el diván y se marchó. El enano veía esas maniobras sin comprender y sin preguntar.

Rómulo no dormía y el insomnio lo hizo enflaquecer. Los milicianos le habían preguntado varias veces qué le pasaba. "Nada — decía Rómulo —, las heridas, que no acaban de cerrar." Esto era verdad. El médico le extrajo sangre para un análisis más, pero Rómulo se decía que no podía curarse porque la angustia mantenía su carne febril y sus nervios estaban en una tensión constante. El médico le dio unas capsulitas para dormir. Rómulo durmió bien dos noches y vio que sus heridas cerraban por fin. Abandonó los bastones. Se sentía acostumbrado a su dolor y la angustia desapareció para dejar paso a una depresión más ligera, pero constante. Aquellos días, los bombardeos sobre Madrid arreciaron y las bombas destruyeron, entre otros lugares, una escuela en la que murieron más de doscientos niños. Se hicieron muchas fotografías de los pequeños cuerpos rotos, que tenían una fuerza expresiva salvaje, y se divulgaron como propaganda. Cuando llegaron a manos de los milicianos, éstos hicieron comentarios de indignación y *Elena* miraba las fotos y se limitaba a decir:

—Subieron al cielo. Los angelitos subieron al cielo.

Rómulo iba y venía por el parque sin hablar con nadie. Había dado las llaves de la bodega a un nuevo oficial, que iba sacando las botellas por docenas para enviarlas al frente o a los hospitales. Todo se hacía sin contar con él y Rómulo no quería tampoco saber nada.

La policía había llegado bajo las denuncias de Cartucho y se limitó a levantar un acta de las acusaciones y pasarla a la "dirección de los Servicios Especiales". La declaración de Rómulo no tuvo más importancia que las de los soldados de la guardia.

Eran frecuentes las bromas con el enano. López le preguntaba:

—Si entran los fascistas en Madrid, ¿tú influirías para que no me ahorquen a mí?

El enano se ajustaba los calzones:

—Se hará justicia estricta. No venganza, sino justicia.

Cartucho no podía tragar al enano y no disimulaba su aversión. *Elena* se dio cuenta y se mostraba con él más servicial que con los otros. Refiriéndose a Cartucho solía decir lo mismo que decía de Rómulo, que era un caballero, aunque a sus espaldas lo decía en diminutivo: un caballerito. Antes de acostarse, por la noche, el enano cerraba cuidadosamente las brechas que en la puerta del garaje habían dejado las explosiones la noche del bombardeo.

Ya completamente restablecido, Rómulo esperaba el pasaporte militar que había solicitado. Pensaba en la duquesa como en una promesa grandiosa a plazo fijo. Entretanto, trabajaba en la tierra ayudando a los milicianos. El parque estaba bastante estropeado en la parte más próxima a su antigua vivienda. Los milicianos aca-

rreaban la tierra en carretillas cuyos ejes gemían lastimeramente. Rómulo contaba las horas que faltaban,
según sus cálculos, para recibir el pasaporte. Tenía en relación con él presentimientos confusos y contrarios y los
atribuía a aquel cielo gris que un día y otro cubría la
ciudad. Desde que se fue la duquesa no había vuelto a
salir el sol. Se sentía flojo y desorientado. A última hora
de la tarde estaba tan sensitivo que no podía tolerar el
gemido de la rueda de la carretilla y fue a engrasarla.
Como sus heridas de la pierna, las del jardín habían quedado reparadas.

Rómulo se iba de vez en cuando a su cuarto, se sentaba en la cama y se quedaba mirando al muro. "Ella
me espera en alguna parte", se decía. Necesitaba mantener aquella ilusión aunque supiera que no había en ella
una promesa concreta.

El enano salía poco del palacio, pero cuando se asomaba a la calle no faltaba algún rapazuelo que llevara su
curiosidad a extremos impertinentes. El enano lo sabía
y estaba siempre en guardia. Dos pilluelos de once años
le cantaban al verlo:

> *Me casé con un enano*
> *por tener con que reír;*
> *le puse la cama en alto*
> *y no podía subir.*

La picardía de la canción y la inocencia con que
la cantaban hacían un curioso contraste. El enano respondía:

—¿Por qué no vais a la escuela? Las escuelas se van
poniendo ahora muy interesantes.

Y reía con una corta risa gutural.

Un día el enano le dijo a Rómulo: "¿No sabe que el
Barreno me busca por la noche? Como maté a su hembra, ahora me busca el bulto". Mostró un cuchillo que
llevaba en el cinto como precaución. Rómulo se marcha

ba sin contestarle. El deseo de venganza de una rata le parecía una locura estúpida y, sin embargo, el miedo a esa venganza era una realidad y la tenía todo el día al lado. Pensando a veces que el enano podía estar loco tenía miedo de sus imprudencias, sobre todo de la posibilidad de que hablara un día de la duquesa.

Llegaba la cocina ambulante y los soldados se preparaban a comer. Rómulo no tenía hambre y se fue, poco a poco, hasta un banco de la avenida principal, donde se sentó. En el extremo de la avenida había un papel abandonado en el suelo, que con la brisa se levantaba por un lado y volvía a caer. Este hecho daba a Rómulo una sensación de alejamiento angustiosa. Rómulo pensaba: "Ella no me reprochó nunca verdaderamente el que yo me sintiera enemigo de los suyos". Poco después añadía: "Tampoco se ofendía cuando le hablaba bien de los milicianos. En ese plano que ella y yo conocemos, esas cosas no son importantes". Seguía esperando el pasaporte. Los fríos llegaron pronto y la hierba iba secándose. Quemándose. ¿Por qué ha de quemar el frío? "El frío del invierno le da fiebre a la hierba. ¿Es así como el frío quema? ¿Produciéndole a la hierba un fuego de la raíz y de la entraña, como pasa con las personas? Hay un frío que quema." Lo sentía Rómulo y se decía que, con la desaparición de la duquesa, aquel frío había llegado al parque, al palacio y también a sus huesos de campesino acostumbrado, sin embargo, al frío. Pero él iría detrás de la duquesa. El pasaporte podía llegar en cualquier momento. Rómulo pensaba en estas cosas sin dejar de regar el parque. A media tarde oyó la voz destemplada de Ortiz:

—Deja esa manga, Rómulo, si no quieres que nos volvamos ranas.

Cerró la llave del agua Rómulo y dejando la manga por el césped, como una serpiente muerta, se fue hacia el palacio sin decir nada. Llamó por teléfono a la comisaría de Evacuación y preguntó por su pasaporte. Le contestaron que estando en edad militar no podía salir de Madrid. Rómulo colgó el teléfono decepcionado. "Me iré sin pasaporte" — pensó. Fue a las habitaciones bajas del torreón. Al entrar recordaba las apariciones de las que le había hablado Balbina. Pensaba en aquella llama delgada y azul que se movía en el centro de la habitación y recordaba, sobre todo, aquella voz que decían haber oído las doncellas: "Tengo sed". Aquella expresión — "tengo sed" — le parecía a Rómulo muy natural. Comprendía que después de muerta la duquesa madre podría tener sed por aquello del "frío que quema". Rómulo estuvo toda la primera parte de la noche en aquella alcoba y, con el deseo de respirar el mismo aire que había respirado la duquesa, subió después por la escalera interior al segundo piso. La antesala, en sombras, le recibió, como otras veces, con su aire frío que también tenía una entraña calenturienta. En el suelo seguían los cristobillas diseminados, con expresiones enormemente vivas. Rómulo fue tanteando en las sombras y encendió una lámpara en un rincón. La puerta del fondo estaba abierta y las sombras del dormitorio parecían heladas. La Reina Hipotenusa estaba en el diván, caída boca abajo y asomada al borde, como si quisiera ver lo que hacían en la alfombra los otros muñecos. Rómulo, de espaldas a la puerta del dormitorio, creyó oír rumor de pasos descalzos. Al mismo tiempo, el susurro de una voz humana que decía, igual que el fantasma de la duquesa madre:

—Tengo sed.

Rómulo se volvió y vio a la duquesa en una larga camisa blanca. Rómulo acertó a preguntar:

—¿Qué dice?

Aquella figura se detuvo entre la puerta del dormitorio y el baño y dijo en voz baja:

—Tengo sed.

La duquesa abría y cerraba la boca, que se advertía seca y cálida. Rómulo fue al baño — la duquesa parecía no acertar con la puerta —, llenó un vaso y volvió a salir. La duquesa no estaba ya. Se quedó Rómulo con el vaso en la mano, mirando hacia el dormitorio, donde parecía agitarse aquella misma figura blanca. Rómulo entró y encendió una luz. El desorden del cuarto era impresionante y reveló de pronto a Rómulo que aquella sombra era la duquesa misma, que no se había marchado a Valencia y llevaba varias semanas allí, enferma y abandonada. La ropa de la cama había caído por el suelo. El gabán de pieles, hecho una bola oscura a los pies de la cama, parecía un oso encogido e inmóvil. El cuarto estaba helado y un viento no muy fuerte gemía en el cristal roto. Sin saber lo que hacía, la duquesa se quitaba por un hombro la camisa y mostraba un seno desnudo. Parecía imposible que, en medio de tantas miserias, aquel seno siguiera siendo joven y fragante. Y aquel impudor no era el desprecio, como otras veces, sino la fiebre, el frío que quemaba. Era el delirio, y en él estaba también Rómulo, con su cara muda y pálida. La miraba sin acercarse, inmovilizado por el respeto a aquellos movimientos inconscientes, a aquella lejanía no sólo de él, sino de la vida misma. Veía su labio superior, un poco inflamado aún, con la pequeña herida cerrada, en un rostro que parecía de cera o de vidrio tallado y opaco. Rómulo le acercó el vaso con la mano temblorosa y ella lo tomó torpemente y, al beber, derramó más de la mitad sobre el pecho. No parecía percibir el frío de la camisa mojada y pegada al otro seno. Después de beber parecía buscar la cama a tientas, diciendo entre dientes palabras confusas. Cuando la encontró, dejó en ella el vaso, que rodó y fue a caer sin ruido en la alfombra. Se acostó, arrastró sobre sí el pico de una sábana, dejando las piernas descubiertas, y cerró los ojos diciendo:

—Mi cabello...

Con los ojos cerrados seguía hablando: "Yo no tengo hambre". Rómulo cubría su cuerpo piadosamente. Todo estaba frío, las sábanas, las mantas, el gabán de pieles. Todo menos su cuerpo, que ardía. Rómulo rozó dos veces su muslo desnudo y ella dijo:

—Sí, Esteban. Estoy muy bien, Esteban.

Rómulo aguzó el oído, pero ella no dijo nada más. La veía Rómulo sin defensa, sin resistencia, e iba naciendo en él una inmensa confusión. Parecía haber olvidado la situación de la duquesa y se acercaba para no perder las palabras que parecía musitar entre dientes. Pensaba: "En su delirio no dice el nombre del duque, sino otro nombre. Quizás el de su amante". Se apartó un poco y dijo:

—Señora...

Volvía a llamarla, suplicante. Su voz estaba tan llena de ternura, que la duquesa lo percibió y dijo casi sonriendo:

—No creas que voy a morirme. Estoy muy bien.

Después, dijo otra vez el nombre de Esteban, y Rómulo fue a un rincón del cuarto y se sentó en una butaca. La miraba desde allí, sin pensar en nada. Veía la cabecera de la cama, de metal niquelado, con barras perpendiculares que parecían de cristal. Y oía, regularmente repetido, un ruidito seco (como un choque persistente de dos pequeños objetos de metal) que procedía de allí, de la cabecera. Se levantó y se acercó. Vio que el brocal de una bolsa de agua chocaba contra los barrotes casi imperceptiblemente, una y otra vez. Rómulo no sabía a qué atribuirlo, pero comprendió que los latidos del corazón de la enferma repercutían en la cama y producían aquel ligero choque repetido. Vio que la bolsa estaba fría. Fue al baño, calentó agua, renovó la de la bolsa y con ella caliente volvió a su lado. Había encontrado en el cuarto de baño un frasco con tabletas de aspirina y le dio a la duquesa dos, con un vaso de agua caliente. Poco después la respiración de la duquesa parecía más tranquila. Rómulo no sabía, sin embargo, si ella dormía o agonizaba. Al arreglarle la ropa descubrió sus pies, y tomándolos juntos con las dos manos los besó largamente. Estaban fríos y estuvo calentándolos con su aliento. "No me engañó", se repetía obsesionado. "No fue a Valencia. Ella no quería ir. No quiso escapar." Volvió a sentarse en el sillón y siguió mirándola en silencio. "Quizá duerme, quizás está durmiendo y despertará con su razón normal cuando haya descansado." Pasaron así dos o tres horas. Cuando Rómulo pensó en buscar un médico, se dio cuenta de que era más de medianoche y que no sería fácil hallarlo. Además, ¿qué mejor podía hacer ella que dormir? Y Rómulo recordaba: "Comenzó a estar enferma aquel día que yo hice hablar a las marionetas". Recordando aquel diálogo improvisado, Rómulo miraba al techo, a las paredes. Oyó después de medianoche arreciar el bombardeo. Le gustaba aquella rabia del fuego y las explosiones, aquella desesperación de las sombras en las que parecía que la vida del universo iba a acabarse. Rómulo se acercó a la cama y se sentó otra vez en ella. Algunas granadas estallaron cerca de las ventanas. Las explosiones despertaron a la duquesa, que abrió los ojos y los puso en Rómulo. Parecía mirarlo desde un país lejano:

—Rómulo, ¿por qué te has marchado?

Se incorporaba:

—Dame un espejo, Rómulo.

Rómulo miraba con estúpida atención uno de los dibujos de nácar incrustado en las maderas de la mesilla, que representaba un rey y una reina con una leyenda gótica al pie. Se levantó y le llevó un espejo, pero ella ya no lo quería.

—Escúchame, Rómulo.

Poco después, repetía lo mismo: "Escúchame, Rómulo..." y no decía nada. Se incorporó más. Apoyó la cabeza en el pecho de él y dijo con una fatiga creciente:

—Rómulo, tú... Tú eres el primer hombre que he conocido en mi vida.

Rómulo creía oír a los muñecos, a los títeres, alborotando en la puerta, y cuando la duquesa dijo: "¿Por qué gritan tanto?", se asustó Rómulo de la coincidencia. La duquesa besaba la mano de Rómulo y decía:

—Perdóname.

Tenía Rómulo la sensación de que ella se había ido. Y era verdad. La besó en la boca y le dijo después: "¿Por qué ahora? Cuando aquella noche fui a sacar el puñal me miraste lo mismo que ahora. ¿Por qué entonces? ¿Por qué ahora? ¿Tiene que ser así? ¿Y sólo así te tengo yo? ¿Cuando ya no te sientes tú misma? ¿Por qué? ¿Es la ley? ¿La antigua ley?" Volvió a besarla. Su boca estaba tibia aún. Hablaba para sí, pero con la esperanza de que ella pudiera oírlo aún, alzaba la voz:

—¿Qué ley es ésa? ¿Es que las leyes de Dios sólo las entienden los muertos?

Nadie le contestaba. Vio al enano en la puerta. El enano miraba la habitación, la cama, con una expresión de terror:

—¿Es su excelencia la señora duquesa?

Rómulo no contestaba y el enano entró de puntillas:

—¿Ha fallecido?

Se levantó Rómulo y le dijo:

—No has visto nada, ¿eh? Si dices una palabra de esto te arrancaré la lengua.

Elena tuvo la impresión de que Rómulo había matado a la duquesa y por eso le amenazaba. Rómulo se dio cuenta:

—Ha muerto, pero nadie debe saber que está aquí.

El enano no se resignaba a una actitud pasiva:

—¿Qué haremos con el cuerpo?

Como otras veces, Rómulo no le contestaba y el enano se daba la respuesta a sí mismo:

—Yo me quedaré de guardia en la puerta.

Un momento creyó Rómulo oír a los muñequitos gritar otra vez en el cuarto de al lado. No gritaban como seres humanos, ni como muñecos, ni como pollos o conejos — y ni siquiera como ratas —, sino como duendecillos traviesos.

La Tía Miserias cantaba:

—A la rueda, rueda de pan y canela y a la sangre antigua y a la sangre nueva. Y a la ley del mundo que corre y no llega.

El Tío Babú repetía:

—Al rescate todos de la juventud, desde el nacimiento hasta el ataúd.

Soltaba a reír escandalosamente. La Reina Hipotenusa parecía mirar aquel mismo motivo de un rey y una reina de nácar incrustados en la parte baja de una cómoda y añadía:

—Y desde las sombras hasta la gran luz.

Rómulo no sabía si había oído "la gran luz; o la gran cruz, o el arcaduz, o el testuz, o el carnuz, o quizás el capuz..."

—Yo me quedaré aquí haciendo la guardia.

Era el enano. Rómulo lo miraba sin comprender, y él añadía:

—Las ratas subirán. Seguro que subirán. Pero yo respondo del cuerpo de la duquesa.

Rómulo miraba aquel cuerpo. ¡Qué pureza en el misterio de su boca entreabierta! En la puerta veía otro muñeco y ahora no era la Reina Hipotenusa, sino el juez Don Requerimientos, que parecía rescatar también su juventud gritando:

—*Acta est fabula!*